著——ネコクロ
画——緑川葉
ていた
助けたら、
む
美
が家に
るように
ついて
3
Otonari
Otonari

CONTENTS

NEKOKURO PRESENTS

ARTWORK BY

MIDORIKAWA YOH

ダッシュエックス文庫

迷子になっていた幼女を助けたら、
お隣に住む美少女留学生が
家に遊びに来るようになった件について3

ネコクロ

青柳明人《あおやぎあきひと》

とある理由から、
完璧な人間になろうと努力している少年。
勉強・運動共に得意。
周囲のことを考えて行動する性格。

シャーロット・ベネット

高校二年生の夏に、
明人のクラスに転校してきた留学生。
明人と同じマンションの
隣の部屋に住んでいる。

CHARACTER

花澤美優《はなざわみゆ》

明人のクラスの担任教師。
さっぱりとした性格で、
生徒想いの美人教師。

エマ・ベネット

シャーロットの妹。
迷子になっていたのを
明人に助けられて以来、
明人にとても懐いている。

清水有紗《しみずありさ》

明人のクラスメイトで、
垢抜けた女の子。
明人に対して
何か思うところがあるようで……？

東雲華凜《しののめかりん》

明人のクラスメイトで、
引っ込み思案な女の子。
オッドアイで、ぬいぐるみが大好き。

NEKOKURO PRESENTS
ARTWORK BY
MIDORIKAWA YOH

クレア

エマちゃんと同じ保育園の女の子。
エマちゃんと親しくなる。

西園寺彰《さいおんじあきら》

明人の親友で、サッカーが得意。
クラスメイトから人気のある
賑やかな性格。

第一章

「摑めない距離感」

「──シャーロットさん、それじゃあ紐を結ぶね……」

運動場でそう青柳《あおやぎ》君に声をかけられたのは、数日後に体育祭を控えた体育の時です。

私たちはこれから、男女による二人三脚の練習を始めようとしていました。

正直に言いますと、ここ最近の体育で一番楽しみな時間です。

四日前に遠回しの告白をしてお付き合いを始めた私たちですが、現状を言いますと関係が進展する前に比べて何も変わっていませんでした。

男女としての仲を深めるどころか、お互い未だに苗字《みようじ》呼びをしているような遠慮《えんりよ》をしている仲なのです。

ですから、このようにしてくっつくことができる機会はとても嬉しいのです。

「お願いします、青柳君……」

「うん……痛かったら言ってね」

青柳君はほんのりと頰《ほお》を赤く染めながら、丁寧《ていねい》にご自身の足と私の足をセットにするように紐を結び始めました。

私はバクバクと高鳴る鼓動を我慢しながら青柳君を見つめます。

周りの方々は不満そうな表情を浮かべて私と青柳君を見ておられますが、彼が隣にいてくださるとそんな視線も気になりません。

どうして私と青柳君がペアになっているのか――それは、種目決めの日に戻ります。

◆

「――さて、そろそろ体育祭に出る種目を決めないといけないのだが、去年体育祭を経験してわかっているように、一人最低三種目に出なければならない」

ホームルーム中に花澤《はなざわ》先生がそうおっしゃいますと、皆さんはブーブーと不満そうにブーイングを始めてしまいました。

漫画やアニメなどで見かける光景に、私は思わずワクワクしてしまいます。

しかし――。

「よし、今からブーイングした奴は私が勝手に種目を選ぶからな」

花澤先生がそうおっしゃいますと、皆さんピタッと止まって静かになってしまいました。

相変わらず、花澤先生には従順です。

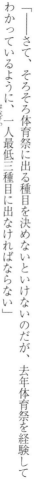

「三種目といっても全員強制参加の種目が一つあるから、実際には二つ選んでくれ。とりあえず、種目は今から書くから希望があるものに手を挙げるように」

花澤先生は種目のリストらしき紙を見ながら、チョークで黒板に種目名を書いていきます。

運動が苦手な私としましては、なるべく速さを競うようなものは避けたいところです。

「――おっと、そうだ。男子200メートルリレー、女子100メートルリレーはそれぞれ50メートル走のタイムで上から四人を選出しないといけない決まりだ。まぁ、去年も同じだからわざわざ言う必要はないか。とりあえずメンバーは――」

そうして花澤先生に名前を呼ばれた生徒たちの中には、青柳君と西園寺《さいおんじ》君の名前がありました。

さすが青柳君。

西園寺君はサッカー選手のようですが、他のお二方は陸上部に所属しておられるそうです。運動部に所属しているわけではないのに、そんな方々の中に入ってしまうなんて青柳君は本当に凄《すご》いです。

それから私は、運が絡んでくれる借り物競争を選びました。

「じゃあ次は玉入れだが、希望者いるか？」

玉入れ――高いところにある籠《かご》に赤色か白色の玉を入れる種目ですよね……？

走らないものですし、手を挙げたほうがいいでしょうか？

しかし、あまり高いところにありますと、投げて入れる自信がないですね……。

そう私が考えている間にも、枠《わく》は埋まっていきます。

十人が定員数のようですが、既に六人埋まってしまいました。

しかし、それから数秒間は誰も手を挙げません。

あまり人気ではないのでしょうか？

そう思っていますと、清水《しみず》さんがゆっくりと手を挙げられました。

誰も手を挙げなくなってしまったので、手を挙げられたのかもしれません。

さて、私はどうしましょうか……？

「――美優《みゆ》先生、俺もお願いします」

「――っ!?」

他の方の様子を窺《うかが》っていますと、青柳君が手を挙げられました。

その様子を見て、私も急いで手を挙げます。

「は、花澤先生、私もお願いします……！」

「ん？　シャーロットもか。それに、東雲《しののめ》もだな」

「えっ……？」

花澤先生の言葉で東雲さんに視線を向けますと、彼女も小さく手を挙げていました。

タイミング的に私のすぐ後に挙げられたようですが……もしかしたら、青柳君が手を挙げられたので東雲さんも手を挙げたのかもしれません……。

少しそのことが気になってしまいましたが、とりあえずこれで定員の十人になって——。

「——み、美優先生、俺も！　俺も玉入れがいいです！」

「えっ……？」

「俺もお願いしゃす！」

「俺も——！」

もう玉入れに出るメンバーは決まったと思ったのですが、急に男の子たちが手を挙げ始めてしまいました。

それも、クラスのほとんどの人たちが挙げています。

「いや、お前らあからさますぎるだろ……」

そんな男の子たちを見た花澤先生は、呆《あき》れたように溜息を吐きます。

そして、次の種目のところにチョークを持っていきました。

「玉入れのメンバーは定員に達した。最初から人数が溢《あふ》れるならくじ引きにしてやったが、定員に達してから遅れて手を挙げた奴等《やつら》は駄目だ」

どうやら花澤先生は取り合うつもりがないようです。

男の子たちはショックを受けて落ち込んでしまいますが、誰も文句を言いませんでした。

おそらく、言っても無駄だと思っているのでしょう。

それからは順調に皆さんの出る種目は決まっていき――。

「さて、最後にお待ちかね、我が校名物――男女混合二人三脚リレーのペア決めだ」

花澤先生はとても楽しそうな表情で、ニヤニヤとしながらチョークで黒板を指しました。

それにより、大多数の男の子は喜び、逆にほぼ全員の女の子が嫌そうな声を上げました。

「知っての通り、我が校では男女が仲良くできるよう、学年別で男子と女子を組ませた二人三脚リレーをすることになっている。これは順位関係なくクラスに点は入らない。速さを競うんじゃなく、仲良くゴールを目指せというものだ」

順位によって点が変わらないというのはありがたいのですが、それではリレーではなくてもいいのでは……？

しかし、皆さんはそのことよりも男の子と女の子が組むということに注目しているようなので、口を挟めませんでした。

ペアはどうお決めになるのでしょうか？

私としましては、青柳君と組ませて頂きたいのですが……。

「本来であれば男女で好きなものを組ませ、ペアが見つからなかった生徒はくじ引きをすることになっているんだが――それをやると喧嘩《けんか》になるのが目に見えているから、今回は最初からくじ引きだ」

花澤先生はそう説明をされた後、教壇《きょうだん》の下から二つの箱を取り出されました。

どうやら、予《あらかじ》めくじを作ってこられたようです。

「青い箱が男子で、赤い箱が女子だ。それぞれ番号が書いてあるから、同じ番号同士で組んでもらうことになる。もし身長差が激しいペアができた場合は、相手の腰に手を回すことも許されているから、心配するな」

さすがに身長差のことは考えて頂けているようですね。

高校生にもなると、男の子と女の子では身体《からだ》の大きさに差が出るのは仕方がないですし。

それはそうと、困りましたね……。

このクラスの人数は四十人で、ちょうど男女二十人ずつです。

私が青柳君とペアになれる確率なんて、二十分の一しかありません。

それに、先程から男の子たちの熱い視線が私に向けられていて――少しだけ、居心地が悪いです……。

「おい、男子。こっちに注目してない奴等は男子同士で組ませるからな？」

私が困っていることに気が付いてくださったのか、眉《まゆ》を顰《ひそ》め、トーンを数段落とした声で花澤先生が男の子たちを牽制《けんせい》してくださいました。

しかし、それにより慌てて口を開く男の子がいます。

「ちょっ⁉　男女でやるのが伝統じゃないんですか⁉」

「心配するな、私が学生の時は女子のほうが二人多いという理由で、女子と組まされていたからな。例外は存在する」

「それとこれとは話が別のような⁉」

「不埒《ふらち》なことを考えている者たちがいたので男子同士で組ませることにしました、と報告しておけば文句を言ってくる奴はいないさ」

「………」

花澤先生がニヤッと笑みを浮かべると、抗議していた男の子は黙って着席されました。

下手《へた》に逆らっては駄目だと思ったのかもしれません。

前に行った職員室の光景を思い出す限り、花澤先生の発言に教員の皆さんは抗議できなさそうでしたので、これもただの脅《おど》しではないのでしょう。

「たくっ、お前たちは恵まれてるよ。私はなぜか、三年間真凛《まりん》と組まされてたんだからな」

花澤先生はこの種目に不満を持っておられたのか、急に愚痴《ぐち》られ始めました。

真凛さんとは、おそらく笹川《ささがわ》先生のことですね。

幼馴染《おさななじ》みとおっしゃられていましたし、本当に仲がよろしいようです。

ただ、なぜか皆さん仕方なさそうに笑いながら、納得されたように《うんうん》と頷《うなず》かれておられるのですけど、どうされたのでしょうか？

「よし、今頷いた奴等全員覚えたから、この後残っておけ」

「「「「ええええええ⁉」」」」

一瞬でクラスの状況を把握《はあく》した花澤先生の言葉によって、クラス内が悲鳴みたいな声に包まれました。

どうやら、花澤先生には皆さんが頷かれた理由がおわかりのようです。

私にはよく意味がわかりませんので、不思議なのですが――それよりも、一つ気になることがありました。


お隣のクラスから、苦情はこないのでしょうか……？


ふと、私は青柳君が頷いていたのか気になり、彼のことを見てみます。

すると彼は、《しょうがないなぁ》とでも言いたそうな苦笑いで、後ろの席にいらっしゃる西園寺君の顔を見られておりました。

苦笑いでも素敵だと思うのは、それだけ彼にゾッコンになってしまっているのでしょうか？

ですが、悪い気は全《まった》くしません。

むしろ凄《すご》く幸せな気持ちです。

「あっ――」

ジッと青柳君のことを見つめていると、私の視線に気が付いた青柳君がこっちを見てくださいました。

思わず嬉しくなって、青柳君にだけ見えるように手を小さく振ってみます。

すると彼も、同じように手を振り返してくれました。

しかし、クラス内でこういった行為をするのはお恥ずかしいのでしょうか？

少し頬《ほお》が赤くなっているように見えます。

照れ屋さんでかわいいですね。

手を振り返してくださったので、私はご機嫌になりながら花澤先生に視線を戻します。

「さて、とりあえずさっさとペアを決めるぞ。誰がどの番号かは、全員引き終わってから順に聞いていくからな。くじを引く順番は出席番号でいいか」

どうやら花澤先生は、出席番号順にくじを引くように決めたみたいです。

最初にくじを引くのは――青柳君です。

彼はいったい何番を引くのでしょうか……？

私はジッと青柳君を見つめます。

彼は席を立つと緊張した様子もなく、自然体で花澤先生の元へと歩いていかれました。

もしかして、誰とペアでもいいと思われていらっしゃるのでしょうか……？

それは少しショックです……。

「――よし、次の奴こい」

青柳君がくじを引きますと、花澤先生は次の番号の方をお呼びになられました。

青柳君は、何事もなかったかのように自分の席へと座られます。

残念ながら番号は見えませんでした。

――ですが、まだ諦めるのは早いです。

私は、今度は彼の仕草に集中するのではなく、彼の声に耳をすませました。

「何番だった？」

「八番だ」

聞こえてきたのは、番号をお聞きになられる西園寺君の声と、その質問に答える青柳君の声です。

周りには聞こえないよう小さく交わされた会話でしたが、聴力が普通の御方よりも遥《はる》かに優れている私は、しっかりと彼の番号を聞き取ることができました。

私の耳は、聴力がいい代わりにかなり敏感なのが少々傷ですが……こういう時には、凄く助かります。

とりあえず、八番ですね……！

「――よし、次はシャーロットだな」

「はい」

ついに、私の番が回ってきました。

私は緊張をしながら席を立ちます。

確率的には引けなくても仕方ないのですが……絶対に八番を引きたいです……！

私はくじを引く箱の前に立つと、神様にお祈りを捧げます。

そして引いたのは――――七番でした。

神様、いじわるです……。

「――シャーロットさん、何番引いたんだろうな？」

席に戻りますと、青柳君の席のほうからそのような言葉が聞こえてきました。

西園寺君の声のようです。

「どうだろうな……。そういえば、彰《あきら》は何番を引いたんだ？」

そして、その声に応える青柳君は、あまり関心がなさそうに西園寺君の番号をお聞きになられました。

少しは関心を持ってくださってもよろしいのに……。

青柳君、いじわるです。

「ん？　ラッキーセブンだよ。いいことありそうだ」

私が頰を膨《ふく》らませて青柳君のほうを見ますと、西園寺君がニカッと笑みを浮かべて青柳君に紙を見せておられました。

他の方々に聞こえないよう小さな声を出しているのは、周りに配慮《はいりょ》されているのでしょう。

それにしましても――私のペアは、西園寺君のようですね……。

よく熱心にお話をしてくださるいい御方ですけど、やはり青柳君がよかったです……。

こういう時漫画などのラブコメでは、青柳君のペアは東雲さんになるはずですが……さすがに、そんなことはないですよね……？

「──よし、全員引いたな。それじゃあ男子と女子、ジャンケンで勝ったほうから交互に番号を呼ぶから、自分の番号を呼ばれた奴はその時に手を挙げろ」

男子からでも女子からでも発表はいいと思うのですが、花澤先生の気まぐれなのか、発表の順番はジャンケンで決めることになりました。

ジャンケンをされるのは、出席番号一番である青柳君と二番の女の子のようです。

結果、青柳君がジャンケンで負けてしまい、奇数番号は女の子側から、偶数番号は男の子側から発表となりました。

その後は随時《ずいじ》発表をされていくのですが──女の子の七番である私が手を挙げますと、クラスの男の子たちがショックそうな声を上げて机へと突っ伏されました。

「お前ら、ほんとわかりやすいな……」

あまりの現状に、花澤先生が苦笑いを浮かべておられます。

さて、お次は西園寺君が手をお挙げになられると思うのですが……。

私は西園寺君に視線を向けます。

すると、こちらを見ている青柳君の机の上で、何やらゴソゴソとされていました。

「おい、男子の七番はいったい誰だ？　さっさと手を挙げろ」

本来手を挙げるはずの西園寺君が手をお挙げにならないため、しびれを切らしたように花澤先生が声をお上げになりました。

「おい、彰――」

「美優先生！　七番は明人《あきひと》ですよ！　こいつ男子の恨みを買いたくなくて、躊躇《ちゅうちょ》しているんです！」

青柳君が西園寺君に声を掛けようとした時、西園寺君が青柳君を指さしながらそう訴えました。

それにより、青柳君はとても戸惑いながら西園寺君の顔を見つめられます。

「あ、彰、いったい何を……？」

「ん？　青柳がそんなことを考えるとは思えないが――本当だな、青柳が七番だ」

花澤先生が怪しんで青柳君の席まで行かれたのですが、机に伏せてあった紙を見て七番だとおっしゃられました。

青柳君は困惑したように花澤先生を見られましたが、どうしてこのような状況になったのか理解されたようで、物言いたげな目を西園寺君に向けられます。

そんな彼を横目に、花澤先生は何か納得したように頷《うなず》いて口を開かれました。

「まぁシャーロットの相方を務めるということはクラスの男子を全員敵に回すものだから、さすがの青柳も戸惑ったということか。よし、次は八番だ。男子の八番は誰だ？」

「あっ、はい！　俺です！」

花澤先生が次の番号の方を呼ばれますと、今度は西園寺君が手をお挙げになられました。

そう、皆さんが私に注目している中で、コッソリと西園寺君がご自身の紙を青柳君の紙と入れ替えられたのです。

たまたま見ていた私だけが、その行動に気が付いていました。

しかし、彼のその行動は私にとっても意外で――どうして、このようなことをされたのか不思議です。

「彰、気持ちは嬉しいけどさすがにこれは……」

「お前が七番でいいんだよ。明人のことだからこんなずるい真似《まね》までしてシャーロットさんと組むのはよくないと思っているんだろうけど、シャーロットさんからしたら俺よりお前のほうがいいんだ。罪滅《つみほろ》ぼし……でみんなのために行動するんだったら、ちゃんと彼女の意も汲《く》んでやれ」

青柳君と西園寺君はコソコソと内緒話を始められたのですが、私の耳は不本意にもそのやりとりを拾ってしまいました。

青柳君……私たちがお付き合いを始めたことを、西園寺君には打ち明けられていたのでしょうか……？

西園寺君の発言から、私はそんなことを考えてしまいます。

青柳君は他の方に内緒にしそうですが、親友である彼にはお話しされたのかもしれません。

罪滅ぼし、という言葉が引っ掛かりましたが、青柳君とペアになれて私は内心ニコニコでした。

その後、青柳君も納得されたようで、ペア発表が進んでいったのですが、こうして私と青柳君はペアになったのです。

この機会をくださった西園寺君にはとても感謝しております。

――ちなみにですが、西園寺君のペアは東雲さんになったようでした。

◆

「よし、結べたよ……」

私が種目のことを思い出していますと、青柳君に声をかけられました。

「ありがとうございます……」

近い距離で目が合ってしまい、私は気恥ずかしさを感じながらお礼を言いました。

「…………」

私と青柳君はどちらともなく、二人して見つめ合ってしまいます。

この後にしないといけないことはわかっているのですが、やはり恥ずかしさが勝り一歩踏み出すには勇気がいりました。

やがて、青柳君がゆっくりと私の肩に手を伸ばしてきます。

「この種目は他の種目と違ってポイントが付かないから、速さを気にする必要はないからね。いつも通りゆっくり合わせて走ろう」

「はい……」

私が運動を苦手としているのは、今までの体育の授業によって青柳君に知られてしまっています。

しかし、彼は嫌な顔一つせず私の足に合わせてくれていました。

二人三脚は走りづらいと聞きますのに、ほとんど抵抗なく走ることができます。

それは、青柳君が私の動作に注視して、タイミングを合わせてくださるからでしょう。

青柳君に見られていることは恥ずかしいのですが、逆に嬉しくもありました。

何より、彼とくっついていられる時間が本当に幸福です。

ずっとこの時間が続けばいいのに――。

思わず、そう思ってしまうほどでした。

「――そ、それじゃあ、俺はリレーの練習をしてくるよ」

しかし、何度か二人で走った後、青柳君は私から離れてしまいました。

もう少し一緒にいたかったので、悲しいです。

「…………」

「――っ!?　し、清水さん……？　どうされましたか……？」

いつの間にか清水さんが私の背後で見ておられましたので、私は戸惑いながら声をお掛けします。

「ねぇ――」

清水さんはキョロキョロと周りを見回すと、口を私の耳元に近付けてきました。

「ひゃっ!?」

耳に清水さんの息がかかってしまったことで、私の体は思わず跳ねてしまいます。

それにより、慌てて清水さんが離れてくれました。

「あっ、ごめん。耳弱いんだったね」

「す、すみません……」

「ううん、近付いたの私だし。それでさ、数日前から気になってるんだけど青柳君と何かあった？」

清水さんは先程よりも少しだけ距離を取り、私に耳打ちをしてきました。

どうやら、私と青柳君の態度から怪しまれているみたいです。

「い、いいえ、そんなことはありませんよ？」

「そうなの？　なんだか、やけに青柳君がシャーロットさんを意識しているように見えるんだけど……？」

「い、意識して頂けているのでしょうか？」

青柳君に意識されてると聞いて嬉しくなった私は、ついお尋ねしてしまいます。

「うん、明らかに意識してるでしょ？　今だって、わざとらしく離れていったし」

「それは、嫌われているってことではないですよね？」

「むしろ逆じゃないかな？　一緒にいると照れて恥ずかしいから、離れていったように見えたけど？」

「そ、そうですか」

照れて……ふふ、青柳君かわいいです。

そうですか、それでは仕方ありませんね。

「でも、少し戸惑ってるようにも見えたけどね」

「えっ、戸惑っていらっしゃいましたか……？」

「うん、だから《何かあったの？》って聞いたの。意識してるだけならただ単に、前以上に仲良くなったんだなぁって思うだけなんだけど、戸惑っているように見えるってことは、何か問題でもあったのかなって」

清水さんは洞察力に優れておられます。

そんな彼女が言うのですから、本当に青柳君は戸惑っておられたのかもしれません。

しかし、なぜでしょう……？

彼が戸惑っておられる理由がわかりません……。

「何もなかったと思いますが……」

「そう？　まぁ、それじゃあ私の勘違いかもね。本当にただ照れて逃げただけかもだし」

「だといいのですが……」

「不安にさせること言ってごめんね。だけど、間違いなく青柳君はシャーロットさんのこと意識してるから、そのまま頑張って。もし何かあったら相談してくれたらいいから。じゃ、私もリレーの練習があるから行くね」

「あっ……」

清水さんは笑顔で手を振って、他の方々のところへ行ってしまわれました。

青柳君とお付き合いを始めたということをお伝えしたほうがよかったでしょうか……？

彼女は私の恋を手伝うと言ってくださっていますし……。

それに、青柳君も西園寺君にはお話しされているようですしね……。

でも、青柳君に確認もなしに言ってしまうのもどうかと思いますし……。

私は話すべきか、それとも黙っておくべきかで頭を悩ませてしまうのでした。

◆

「――彰、そろそろリレーの練習しよう」

シャーロットさんから離れた俺は、彰の元に向かっていた。

本当はまだ一緒にいたかったけど、リレーの練習をしておかないと美優先生から怒られるので仕方ない。

まぁでも、シャーロットさんとの距離感をいまいち摑《つか》めていないので、正直ホッとしてる。

「あっ、明人……」

「ん？　なんで落ち込んでるんだ……？」

「いや……東雲さんに怖がられて、練習できなかったんだよ……」

「あぁ……なるほど。東雲さんはどこに行ったんだ？」

「美優先生のところ見てみ」

「美優先生？」

俺は彰の言う通り、美優先生に視線を向けてみる。

すると、美優先生のすぐ近くに東雲さんが座っていた。

「逃げられたって感じか……？」

「知らないけど、これ本番でも逃げられたら洒落《しゃれ》にならないぞ？」

「あの様子だと、美優先生には懐いてるのかな？」

「その通りだよ」


「う〜ん……」

彰が言ってることはもっともで、本番で逃げられたらさすがに困る。

去年は確か……そうか、女の子同士のペアがいたから、あれが東雲さんだったのかもしれないな。

「リレーの練習に入らないと怒られるけど、美優先生があそこにいるならちょうどいいや。ちょっと美優先生を交えて東雲さんと話そう」

「美優先生交える必要あるか……？」

「あの人ならうまく間に入ってくれるだろ。二人三脚の練習の時間であそこにいても美優先生が注意しないってことは、仕方ないと思ってるんだろうけど、このままでいいとも思ってないだろうからね」

「まぁ、そうだよなぁ……。このままってわけにもいかないし、行くか」

彰が納得したことで、俺と彰は一緒に東雲さんのところに向かった。

「――ん？　どうした、二人して？」

俺たちが近付くと、美優先生のほうが先に反応した。

それに続いて、東雲さんの顔が俺たちに向く。

「いえ、東雲さんと少し話がありまして」

俺がそう言うと、東雲さんはビクッと体を震わせてしまった。

そして、ススッと、美優先生の後ろに隠れてしまう。

どうやら、彰を連れてきたことで怒られると思わせてしまったようだ。

「大丈夫だよ、東雲さん。俺は怒りに来たわけじゃないから」

「ほんと……？」

優しい声を意識して話しかけると、おそるおそる顔を出してくれた。

しかし、不安そうな表情のままだ。

「うん、話をしたいって言ったのは、理由を聞きたかっただけなんだ。東雲さん、彰が怖くて二人三脚の練習をしたくないのかな？」

「んっ……」

俺の質問に対して、東雲さんはゆっくりと首を縦に振った。

やはり怖がられているらしい。

「西園寺、まさかとは思うが――東雲に嫌がらせをしていないよな？」

話を聞いていた美優先生は、目を鋭くして彰の顔を見てきた。

それにより彰はブンブンと首を左右に振る。

「お、俺がそんなことするわけないでしょ……！」

「だろうな。そもそも東雲のこれは、男子のほとんどに対してだし」

「じゃあなんで俺を疑ったんですか!?」

美優先生の言葉に納得がいかなかった彰がそうツッコミを入れるが、美優先生は呆《あき》れたような表情をした。

「そりゃあ教員だからな。いじめの可能性があるなら、決めつけずにちゃんと聞かなければならない」

「本当ですか……？」

「なんだ、私を疑うのか？　なかなかいい度胸をしているじゃないか」

彰が疑わしげに美優先生を見ると、美優先生はニヤッと笑みを浮かべた。

悪寒《おかん》が走るような笑顔なので、彰は慌てて首を左右に振る。

俺はそんな彰を横目に、足を一歩踏み出した。

「美優先生、東雲さんがどうしてこんなふうになったのか、知っているのですか？」

「そりゃあ担任だからな、本人や親から話を聞いて知っている」

美優先生は相手の懐《ふところ》に入るのが上手《うま》い。

だからこんなふうに聞き出せているのだろう。

別に担任だから聞き出せているというわけではないはずだ。

まぁとはいえ、普段の様子を見ていれば東雲さんの過去に何があったかについては、なんとなく想像がつくが……。

「それって教えてもらえることでしょうか？」

東雲さんが問題を抱えているのなら、助けになりたい。

そう思って尋ねたのだけど、美優先生は親指で東雲さんを指した。

「そういうのを聞くなら、本人の口から聞け。お前だって、自分の秘密や過去を他人に話されるのは嫌だろ？」

まぁ、そうなるよな……。

美優先生の考え方は、問題を抱えている本人が話せないような関係であれば、そもそも問題に関わるべきではない、というものになる。

つまり、信頼も勝ち取れていないような人間が関わっても、ロクなことにならないと思っているのだ。

「そうですね。東雲さん、話してくれる？」

「――っ」

俺が尋ねると、東雲さんの顔色が悪くなった。

そして、ブンブンと首を左右に振る。

そう簡単に話せる内容ではないようだ。

その反応を見て、俺は自分の推測が段々と確信に変わっていく。

だけど、今そこを突《つ》いても仕方がない。

根本的な解決は今すぐにできないが、彰だけに限れば今すぐにでもどうにかできるだろうから。

「東雲さんは、俺のことが怖い？」

「う、うぅん、怖くない……」

「じゃあ、彰はどうして怖いの？」

「それは……」

東雲さんはチラッと彰の顔を見上げる。

そして、俺に視線を戻し、ゆっくりと口を開いた。

「声大きいのと……元気がいいから……」

「つまり、うるさいってわけだな」

「ちょっ!?　美優先生、茶化さないでくださいよ！」

「いや、そういうところだぞ、西園寺」

「あっ……」

美優先生の言葉に反応してツッコミを入れた彰だが、確かにこういう大きな声が東雲さんは苦手なのだろう。

「ど、どうして明人は平気なんだ……？」

「青柳君は……声が優しい……。それに、性格も優しい……」

「なぁ、青柳。将来、東雲が詐欺師《さぎし》に騙《だま》されないか心配なんだが」

「言いたいことはわかりますが、本人の前ではやめましょうよ」

確かに俺も、優しくされて悪い奴等《やつら》にホイホイとついていく東雲さんが浮かんだけどさ。

そういえば、喫茶店《きっさてん》で心を開いてくれた時も結構あっさりだったな。

「じゃあ、俺も優しい声を意識すればいいのか？」

「いや、普通の声でいいと思うよ。ただ、大声を出さないようにな」

「わ、わかった。東雲さん、これで大丈夫……？」

彰は、なるべく声が大きくならないように気を付けながら、東雲さんに声をかけた。

「んっ……」

そして、彰が歩み寄ろうとしていることがわかった東雲さんは、小さく頷《うなず》いてくれた。

それにより、彰は感動したように薄っすらと涙を目に浮かべる。

よほど避けられていることを気にしていたようだ。

「まぁ、本当に東雲が西園寺に慣れるまで、青柳が一緒にいてやれ」

「そうですね、それが良さそうです」

「とはいえ、もう個別練習に入ってる時間だ。二人三脚はクラスの得点にならないため、練習時間はほとんど取らないことになっている。だから、西園寺と青柳はリレーの練習に入れ」

本音を言えば、このまま彰と東雲さんで二人三脚の練習をしてもらいたいものだが、得点にならない以上仕方がないだろう。

「とりあえず、どうにかなりそうでよかったよ。それじゃあ彰、リレーの練習に行こう」

東雲さんが若干《じゃっかん》彰を怖がらなくなったことに安心し、俺は彰と共に他のリレーメンバーのところに向かうことにした。

「——なぁ、東雲。無理をする必要はないが、あいつらなら一緒にいてもいいと思うぞ？　誰しもお前を傷つけようとするわけじゃないんだし、青柳には心を開いているなら、青柳を中心に輪を広げてみろ。あいつなら、何かあってもお前を守ってくれる」

「はい……」

なんだか後ろから美優先生の声がしていたけど、どうやら東雲さんと話しているようだ。

俺たちに話しかけているわけではないので、気にせずに俺はそのままリレーの練習へと入ったのだった。

第二章 「美少女留学生と天使の声援」

『――ねぇねぇ、おにいちゃん』

『ん？　どうしたの？』

『あした、がっこうおやすみだよね？　エマね、どうぶつえんにいきたい』

それは、翌日に体育祭を控えた金曜日の夜の出来事だった。

俺の部屋で膝の上に座っていたエマちゃんが、動物園に連れていけとおねだりをしてきたのだ。

エマちゃんは頭がいいので、日にちのスパンを数えて明日と明後日が休みだと学習していたのだろう。

平日は我慢してくれたことに感謝をするのだけど、明日は休みじゃないんだよな……。

『ごめんね、エマちゃん。明日は学校なんだ』

『おやすみじゃない……？』

明日も学校だと聞くと、エマちゃんの表情が途端に曇ってしまった。

シュンと落ち込んでいる感じだ。

『体育祭っていうみんなで運動をしないといけない祭りなの。エマは、お留守番しててね？』

そう言って、俺の隣に座っていたシャーロットさんがエマちゃんの頭を優しく撫《な》でた。

すると、納得するかと思ったエマちゃんが、ウルウルとした瞳で見上げてくる。

『エマ、またひとりでおるすばんなの……？』

『うっ……』

まるで小動物かのような弱々しい表情で訴えかけられ、俺は思わずシャーロットさんに視線を向けてしまう。

ちょうどシャーロットさんも俺のほうを見たところだったようで、困っている彼女と目が合ってしまった。

今までは怒っていたエマちゃんだけど、こんなふうに悲しげにするってことは、それだけ寂しいんだと思う。

もしかしたら、保育園に通うようになって家でお留守番をしなくなったから、余計に寂しく思ってるのかもしれない。

さすがにここで我慢するようには言えなかった。

「体育祭は家族もこられるけど……やっぱり、お母さんは難しいのかな？」

俺はエマちゃんに変に期待を持たせないよう、日本語でシャーロットさんへと尋ねる。

しかし、シャーロットさんは悲しげに首を左右に振った。

「一応お伝えはしたのですが、お仕事が忙しいからこられないとのことです」

「そっか……」

娘の体育祭にも顔を出さないなんて……仕事は忙しいんだろうけど、やっぱり気になってはしまう。

彼女の家庭事情だから赤の他人の俺に口出しをする権利はないけれど、何か力になりたいと思った。

とはいえ、今はエマちゃんのことが優先だ。

エマちゃんは今もなお、寂しそうな涙目で俺たちの顔を見上げている。

「美優《みゆ》先生に相談してみよっか？」

「ですが、私が種目に出ている間は見てくださる方がいませんし、この子に言って聞かせても皆さんの前で青柳《あおやぎ》君に甘えてしまうと思いますので……」

「まぁ、そうなったらそうなったで仕方ないよ。俺とシャーロットさんの関係がバレたとしても、エマちゃんを一人にするよりはいいだろうからね。それに、関係性がバレることを前提に置いておけば、俺がエマちゃんの面倒も見れるし」

出会った頃とは違って、俺とシャーロットさんの仲は深まっている。

だから、彼女に近付くために俺の家にこようとする輩《やから》は俺が勝手に追い払っても問題ないだろう。

まぁ、バレないに越したことはないのだけど。

「私たちの関係がバレてもいい……つまり、公《おおやけ》にいちゃついてもいい……？」

「シャーロットさん？　聞こえてる？」

「えっ!?　あっ、す、すみません、聞いてました……！　そ、それでは、花澤《はなざわ》先生にお聞きしてみましょうか」

シャーロットさんが何かブツブツと言っていたので顔を覗《のぞ》き込むと、彼女は顔を真っ赤に染めて俺から離れてしまった。

一応、俺の話は聞いていたようだけど……。

「じゃあ、美優先生に俺から確認してみるよ」

こういう頼み事はシャーロットさんだと気を遣ってしまうので、俺から電話をすることにした。

そして電話に出てくれた美優先生に全て説明すると――。

《むしろ、駄目なわけがないだろ？　一人でお留守番させずに済むなら、そっちのほうが絶対にいい。特別にクラスのテントにいさせていいぞ》

美優先生は、快諾《かいだく》してくれた。

「ありがとうございます。問題は、俺とシャーロットさんが二人三脚に出る時なんですよね」

シャーロットさん一人が出る時は、俺がエマちゃんの面倒を見ていればいい。

しかし、二人とも出る種目の時は、そういうわけにもいかなかった。

《あぁ、その時は私のほうで引き取っておこう。他の職員には説明をしておく》

「文句とか言われませんかね？」

《はは、言わせると思うか？》

「なるほど、わかりました」

薄々思ってはいたが、美優先生の発言力は職員の中でも強いらしい。

生徒たちからは慕《した》われているし、仕事もできて気も強いから、それも仕方ないのかもしれないが。

あの人、絶対に権力に屈するような人じゃないしな。

《シャーロットの妹は確か、気難しいんだったよな？》

「ええ、まぁ……心を開いてくれれば、むしろ接しやすい子だとは思いますが……」

《私のことを覚えていればいいが、ちょっと手を焼きそうだな……》

「あっ、お手玉かけん玉を持たせていれば一人で遊んでいると思います」

エマちゃんは俺があげたお手玉やけん玉のことを気に入っており、最近でもよく俺の膝の上に座って一人で遊んでいる。

保育園に持ち込ませてもらっているから、周りに褒《ほ》めてもらえて嬉しいんだろう。

《なるほどな。まぁ、周りに知らない大人たちがいると不安がるだろうけど、その辺は私のほうでうまくやっておくよ》

「ありがとうございます」

俺は美優先生にお礼を言い、通話を切った。

そして、笑顔をシャーロットさんに向ける。

シャーロットさんはグズるエマちゃんの相手をしながら、俺たちの会話に耳を澄ませていたようだ。

「聞こえていたと思うけど、美優先生がＯＫしてくれたから、エマちゃんを連れていっても大丈夫だよ」

「はい、ありがとうございます」

エマちゃんを連れていけると知り、シャーロットさんは嬉しそうにお礼を言ってくれた。

だから俺は腰を屈めて、エマちゃんの顔を覗《のぞ》き込む。

『エマちゃん、明日俺たちと学校に行こうか？』

『エマも、いっていいの……？』

『うん、大丈夫だよ』

『――っ！　やったぁ！』

俺の言葉を聞いたエマちゃんは嬉しそうに俺の首に抱き着いてきた。

相変わらずの甘えん坊でかわいい。

『エマ、明日はいい子で見ててね？』

『んっ……！』

シャーロットさんが優しく頭を撫でるとエマちゃんはとても嬉しそうな笑顔で頷《うなず》き、俺はそんな微笑《ほほえ》ましい光景を見て癒《いや》されるのだった。

◆

いよいよ迎えた体育祭の日。

朝からシャーロットさんはいつも以上に弁当作りを頑張っていた。

今回は、俺のお弁当も作ってくれているらしい。

食材が一緒になるとみんなから何か言われるだろうけど、その辺もまぁ、仕方ないだろう。

シャーロットさんが作りたがってくれているので、俺はその気持ちを尊重したかった。

でも、やっぱりここまでしてくれるってことは、俺たちは付き合っているということでいいのだろうか……？

そこをはっきりさせることができずモヤモヤとしたものを俺は抱いているが、付き合ってないと言われるのが怖くて聞けないでいた。

『――まだ、いかないのぉ？』

俺の膝の上ではエマちゃんが痺《しび》れを切らしており、体を左右に振りながら俺の顔を見上げてきた。

エマちゃん的にはこれから遊びに行くようなものなのだろう。

嫌がってはいないようなので特に問題はなさそうだ。

『もうちょっとだけ待ってね』

『んっ……！』

頭を撫《な》でながら言うと、エマちゃんは力強く頷いてくれた。

今日は機嫌がいい。

遠足に近い感覚でワクワクしてそうだ。

『――お待たせしました』

エマちゃんの相手をしていると、お弁当箱を三つ持ったシャーロットさんが近寄ってきた。

一つは凄《すご》く小さいので、エマちゃんのだろう。

『ううん、俺の分も作ってくれてありがとうね』

『い、いえ、作らせて頂いてとても嬉しかったです』

お礼を言うと、シャーロットさんは照れくさそうに笑った。

なんだか新婚さんみたいなむず痒《がゆ》さがあり、俺も照れくさくなってしまう。

俺がエマちゃんを抱っこしているため、シャーロットさんはお弁当箱を保冷バッグに入れた後、俺の鞄《かばん》にお弁当箱を入れてくれた。

『ありがとう。それじゃあ、行こっか』

『はい……』

エマちゃんを落とさないように気を付けながら鞄を持ち上げて声をかけると、シャーロットさんがソッと俺の腕に抱き着いてきた。

以前は服の袖《そで》を摘《つ》まむだけの行為だったけど、エマちゃんのお父さん代わりになるって約束をした日から彼女はこうしてくるようになったのだ。

正直全《まった》く慣れない。

彼女の胸が腕に当たり、心臓がバクバクだった。

俺たちはそのまま学校を目指す。

通学生が多くなるところまで出ると、シャーロットさんにエマちゃんを預けて俺は先に学校へと向かい、教室に到着した。

それから少しして――。

「きゃあああ！　シャーロットさん、そのかわいい女の子誰!?　シャーロットさんの妹!?」

「て、天使だ……！　天使がいる……！」

「あんなかわいい存在、もはや反則だろ……！」

こんなふうに、シャーロットさんたちが教室に入ってくると、みんなたちまち彼女たちを囲んでしまった。

それによりエマちゃんは怯《おび》えた表情を浮かべ、シャーロットさんは困ったように視線を彷徨《さまよ》わせる。

まぁ、当然の成り行きではあるのだけど……。

エマちゃんはシャーロットさんに負けず綺麗《きれい》な顔立ちをしている。

そして、そこに幼さというかわいさ要素が追加されているのだ。

みんながこういう反応になるのは当たり前のことだった。

とりあえず、いつまでも放っておくとエマちゃんが泣きだしてしまうため、俺はすぐに席を立つ。

「みんな落ち着きなよ、その子が怯えているのがわからないの？」

「青柳、またお前かよ……」

シャーロットさんたちを囲う輪に入ると、みんなが嫌そうな目を俺に向けてきた。

この様子、俺の言葉など右から左状態で反射的に嫌悪感を出してるな……。

だけど、周りの視線はちゃんと俺に向いている。

だから、言葉を続けようとしたのだけど――。

『おにいちゃん、だっこ……！』

俺に気が付いたエマちゃんが、涙目で抱っこを求めてきてしまった。

うん、そうだよな。

そうなっちゃうよな……。

現在エマちゃんにとっては、知らない人間たちに囲まれて怖い状況だ。

その中で慣れ親しんだ俺が現れたら、抱っこを求めてくるのはこれまでのことを考えると当然の流れだった。

正直こうならない可能性に期待をしていたのだけど……無駄だったようだ。

おかげで、俺に向けられる視線が嫌悪から戸惑いのものへと変わってしまっている。

「えっ、お兄ちゃんってどういうこと……？」

「今、ハグ――抱っこを求めたのか……？」

「なんで青柳なんかに……」

さて、この状況をどうするか……。

今みんなは頭の中で、俺とエマちゃん――そして、シャーロットさんの繋《つな》がりを探していることだろう。

『だっこ……』

「…………」

とりあえず、エマちゃんを抱っこするのが先かな……。

涙目のエマちゃんがもう一度抱っこを求めてきたので、俺は仕方なくシャーロットさんからエマちゃんを受け取った。

『んっ……』

エマちゃんは安心した表情を浮かべると、俺の胸に顔を押し付けてきた。

それにより、更に周りの生徒たちは戸惑っている。

「えっと……誤解なく言うと、さっき登校中にこの子とは会ってるんだ。それで、シャーロットさんとこの子が犬に吠えられて怯えてるところを助けたら、こんなふうに懐かれてしまったんだよ」

思考を巡らせてこの場は誤魔化《ごまか》すことにした俺は、予《あらかじ》め考えていた嘘を話した。

しかし、それだけで信じてくれるようなお人好しはそうはいない。

納得したように頷いているのは、離れたところで俺たちを見てる東雲《しののめ》さんだけだ。

だけど、当然こちらも手を打っている。

「そうですね、先程は本当に助かりました。ありがとうございます」

今や学校の人気者であり、皆の中心であるシャーロットさんが俺の話を肯定すると、先程とは打って変わって皆納得してしまった。

俺はともかく、シャーロットさんが嘘を吐くとは思っていないのだろう。

この辺はみんなわかりやすくて助かる。

「あ、青柳、俺にも抱っこさせてくれよ……！」

「えっ？」

「あっ！　私も！　私も抱っこしたい！」

「ちょっ、駄目だよ……！」

あまりにもエマちゃんがかわいすぎるせいで、みんながエマちゃんを抱かせるように迫ってきた。

これはちょっと予想外だ。

俺は慌てて皆から距離を取り、エマちゃんのことを守った。

「独《ひと》り占《じ》めはずるいだろ……！」

「そうよ！　私たちも抱っこしたい！」

当然クラスメイトたちからは抗議の声が上がるけど、シャーロットさん曰《いわ》くエマちゃんは家族以外の人間は駄目らしいので、渡すわけにはいかない。

見れば、頰《ほお》を膨《ふく》らませて不機嫌になっているし。

日本語はまだわからないから、騒がれているのがうるさくて嫌がってるのかもしれないな。

「ご、ごめんなさい。この子、初対面の方は苦手なのでやめてくださると助かります……」

エマちゃんに気を取られていると、慌てたシャーロットさんが俺の前に立ってみんなを止めてくれた。

クラスメイトたちはシャーロットさんに嫌われたくないので、彼女のお願いは無下《むげ》にできずおとなしくなる。

結果論になるが、こうなると最初から俺が間に入らずに、シャーロットさんに任せていたほうがよかったかもしれない。

まぁだけど、なるべくシャーロットさんに嫌な役はさせたくないしな……。

と、そんなことを思っていると――

「でも、じゃあどうして青柳君はいいの……？　青柳君だって、ほぼ初対面でしょ……？」

シャーロットさんの言葉に矛盾《むじゅん》を感じたのか、桐山《きりやま》さんが疑うような目を向けてきた。

だから俺は言い訳をしようとするのだけど――。

「そう？　言うほどおかしくないでしょ？」

なぜか、清水《しみず》さんが話に入ってきた。

「有紗《ありさ》ちゃん？　なんで？」

「いや、なんでって……普通に考えればそうでしょ？　青柳君はこの子を助けたんだよ？　そりゃあ、懐くのなんて当たり前だよね？」

「それは……確かに……」

「私、たまたま登校中にその場面を見かけたんだけど、青柳君はシャーロットさんたちを背に庇《かば》ってかっこよかったから、それで懐いたんだと思うよ」

いったいどういうつもりなのだろう？

俺たちのは打ち合わせで決めたことなのだから、当然そんな場面は存在しない。

話を合わせてくれてるのは明らかだけど、どうしてそんなことをするのだろうか？

「そうですね、清水さんのおっしゃられている通りです」

シャーロットさん、話を合わせるのか……。

俺が考えているとシャーロットさんが話を合わせたので、俺は不思議に思いながら彼女の顔を見る。

そういえば、最近この二人仲がいい気がする。

よく話しているところを見かけるけど、いつの間に仲良くなったんだ……？

俺はそんな疑問を抱くが、第三者の証言により信憑性《しんぴょうせい》が増した状況を利用することにした。

「まぁそういうことだから、ソッとさせておいてよ」

なるべく刺激をしないよう、俺は仕方なさそうな笑みを浮かべてお願いをした。

すると、皆が驚いたような表情を俺に向けてくる。

「お、お前、本当に青柳か……？」

その言葉を聞き、俺は自分がしくじったことに気が付く。

前までならこんな場面に遭遇《そうぐう》した時、俺は迷惑顔を浮かべて追い払っていたはずだ。

それなのに今回は笑顔でお願いしているのだから、嫌われ者を演じるなら適さない行為だった。

なんで俺、今対応を間違えたんだ……?

そんなふうに自分自身に戸惑っていると、教室のドアが開いて美優先生が入ってきた。

「おい、何たむろしてるんだ？　もうチャイムが鳴るからさっさと席につけ」

先程まで騒いでいたみんなだが、美優先生の言葉により蜘蛛《くも》の子《こ》を散らすように自分たちの席へと戻っていった。

多分他のクラスならこうも綺麗にはいかないだろう。

ちなみに、美優先生の後ろからコソッと彰《あきら》が教室に入ってきていた。

チャイムは鳴っていないのでギリギリセーフだろう。

まぁ、美優先生は凄《すご》く物言いたげな目を彰に向けていたが。

「青柳も早く席につくんだ。シャーロットの妹は、シャーロットが抱っこしておかなくていいのか?」

「あっ、はい！　大丈夫です！」

美優先生がエマちゃんを気にすると、俺よりも早くシャーロットさんが答えてくれた。

それにより、納得したように美優先生が俺に席につくよう促してくる。

だから俺は、エマちゃんを抱っこしたまま席についた。

『……♪』

エマちゃんは、俺の腕の中でご機嫌そうに鼻歌を歌っている。

みんなに囲まれたからどうかと思ったが、機嫌は直ったようだ。

「幼い子が教室にいるから戸惑っている者もいると思うが、家庭事情によりシャーロットの妹は今日一日皆と共に行動する。あまり他人に慣れていないのと、日本語はほとんどわからないから、興味本位に話しかけるのはやめてやってくれ」

美優先生はちゃんとエマちゃんのフォローをしてくれた。

こういう気遣いができる先生なので頼りになるのだ。

皆が頷《うなず》くと、美優先生はエマちゃんに視線を向けた。

『エマ、だったよな？　話はすぐ終わるから、少しおとなしくしていてくれな』

『……？』

美優先生に話しかけられたエマちゃんは、不思議そうに首を傾《かし》げる。

そして困ったように俺の顔を見上げてきた。

『先生が話している時は、静かにしていようねってことだよ』

『んっ！』

美優先生が言いたいことを伝えると、エマちゃんは美優先生に向かって元気よく右手を挙げた。

わかった、という合図のようだ。

迷子になった時に美優先生とは会っているので、自分を助けてくれた人だと認識して少し心を開いているのかもしれない。

「くっ、相変わらず反則級のかわいさだ……」

美優先生は俺たちに背を向けて何やらブツブツ言っているが、別に怒っているわけではないだろう。

それからは、美優先生から今日の体育祭について説明と注意事項が告げられる。

エマちゃんはちゃんと静かにしているのでとても偉い。

なんだかんだこの子は頭がいいんだ。

多分、俺やシャーロットさん以外にはそう我《わ》が儘《まま》を言ったりもしないんだろう。

保育園では、素直に言うことを聞くとてもいい子だという評価らしいし。

俺たちはそのまま、美優先生の説明に耳を傾けるのだった。

◆

「――青柳君、お隣よろしいでしょうか?」

教室で体操服に着替えた後、自分たちのテントである二年D組のテントで椅子《いす》に座っていると、体操服姿のシャーロットさんがやってきた。

運動する用に髪を括《くく》っているため、ポニーテールになっている。

率直《そっちょく》に言って、凄くかわいい。

彼女の腕の中にはエマちゃんがおり、俺に向かって両手を伸ばしてきていた。

着替える間はシャーロットさんに預けていたため、俺はエマちゃんをシャーロットさんから受け取りながら口を開く。

「まぁ、隣のほうが都合いいもんね」

本来なら彼女との接触を避けるところなのだけど、今回は代わりばんこでエマちゃんの面倒を見ないといけない。

だから、お隣に座っているほうが都合がいいのだ。

「わ、私も、お隣いい……？」

そうしていると、俺の顔色を窺《うかが》うように東雲さんが声をかけてきた。

どうやらシャーロットさんと一緒に歩いてきていたようだ。

「いいけど、シャーロットさんの隣でなくていいの？」

「あっ……でも、もう取られてるから……」

見れば、シャーロットさんが座ろうとした席の隣にはもう、清水さんが荷物を置いていた。

そのことに男子や女子が抗議してるけど、清水さんは早い者勝ちと言って譲《ゆず》らないようだ。

「ごめんなさい、清水さんと一緒に座りましょうって話をしていたので……」

「あぁ、そうなんだね。それじゃあ、東雲さんはこっちにどうぞ」

申し訳なさそうにするシャーロットさんに笑顔を向けた後、俺は空《あ》いているほうの席を指さした。

それにより、東雲さんはパァッと表情を明るくして俺の隣に荷物を置く。

俺としてもエマちゃんのことがあるから、彼女のようにおとなしい子が隣に座ってくれるのはありがたい。

その後、友達とふざけていたせいで遅れてきた彰が、なんだか物言いたげな表情で俺のことを見ていた。

ちなみに、俺はエマちゃんが見やすいように最前列を取っているのだけど、俺の真後ろ、斜め右後ろ、斜め左後ろと全て女子が占拠してしまっている。

皆、シャーロットさんやエマちゃんと話したいようだ。

だから、彰が言いたいこともわかるのだけど――俺は、何一つ悪くないと思う。

『――じゃあ、美優先生にエマちゃんを預けに行こうか？』

『そうですね』

開会式が始まるということなので、俺はシャーロットさんと共に職員のテントへと向かう。

『おにいちゃんたち、どこかいっちゃうの……？』

テントに着いて椅子に降ろすと、エマちゃんは不安そうな表情を向けてきた。

そのため、俺は優しい笑顔を意識しながら口を開く。

『ごめんね、開会式っていう体育祭を始める式があるから、行かないといけないんだ。何かあったら、このお姉さんに言うんだよ？』

俺は美優先生を指差すと、エマちゃんは美優先生の顔を見上げた。

すると、美優先生がニコッと微笑《ほほえ》んでくれたのがよかったのか、渋々頷いてくれた。

「では、美優先生よろしくお願いしますね」

「あぁ、任せろ」

「うんうん、任せてね」

「「…………」」

「あれ？　二人ともどうしたの？」

俺と美優先生がジッと見つめると、いつの間にか輪に交ざっていた先生――笹川《ささがわ》先生が首を傾げた。

彼女は男子や男性教諭から大人気な音楽教師なのだけど、正直俺はあまり接点がない。

知っているのは、美優先生の幼馴染《おさななじ》みでよく美優先生と一緒にいることと、女性が大好きだということくらいだ。

「美優先生、エマちゃんのことをお任せしましたよ？」

「あぁ、任せろ。笹川先生には一切触れさせさせない」

「ちょっと二人とも!?　いくらなんでも酷《ひど》いでしょ!?」

笹川先生は若干《じゃっかん》涙目になりながら抗議をしてくるが、俺からするとエマちゃんのことが心配なので美優先生に一任したい。

笹川先生、なんだかおっちょこちょいなイメージがあるし……。

「私にはシャーロットの妹を守る義務があるからな。不審者から守らないといけないのだ」

「ねぇ、それ私のことを不審者って言ってる!?」

「他に誰がいるんだ？」

「おっかしいなぁ！　不審者って誰か一人を表す言葉じゃないと思うなぁ!?」

「笹川先生、うるさいぞ。生徒の前だ」

「美優ちゃんがいじわるするからでしょ!?」

「だから学校では美優ちゃんって呼ぶな」

なんだか美優先生と笹川先生が喧嘩《けんか》を始めてしまった。

まぁ、喧嘩というよりも美優先生がてきとーに流す中、笹川先生が怒っている感じだが。

「あの、俺らもう行かないといけないので……」

「あぁ、そうだな。笹川先生も行かないと駄目だろ？」

「ぶぅ……美優ちゃんだけテントの中にいてずるい。私だってここにいたいよ……校長の話、長いんだから」

うん、校長先生すぐそこにまだいるんだけど、そんなぶっちゃけて大丈夫か？

そう思った俺だけど、知らぬが仏ということもあるので、言わないことにした。

『じゃあ、行ってくるね、エマちゃん』

『んっ……』

手を振ると、エマちゃんは寂しそうな表情で手を振ってきた。

なるべく早く戻ろう。

そう思いながら、俺はシャーロットさんと共にクラスのみんなの元に行くのだった。

◆

『――ど、どうかな、エマ……？』

開会式が終わった後の、クラステントでの事。

更衣室に戻って別の服に着替えてきたシャーロットさんが、その感想をエマちゃんに求めていた。

その別の服とは、チアリーダー衣装のことだ。

彼女はクラスメイトたちのゴリ押しにより、開会式後に行われるチーム別応援合戦に出ることになっていた。

皆、彼女のチアリーダー姿が見たかったようで、現在男子たちは鼻の下を伸ばしながらシャーロットさんを見ている。

俺は、白くて綺麗《きれい》な腕が惜しみなく晒《さら》される衣装に目のやり場が困ってしまう。

だって、シャーロットさんが恥ずかしそうに右手で髪を触っているせいで、腋《わき》が見えちゃってるし……。

『んっ……！　ロッティーかわいい……！』

シャーロットさんを頭から足まで見たエマちゃんは、かわいらしく笑みを浮かべながら力強く頷《うなず》いた。

シャーロットさんの衣装がお気に召したようだ。

すると、シャーロットさんはエマちゃんにお礼を言った後、頬《ほお》を赤く染めて無言でジッと俺の顔を見てきた。

これは、俺にも服の感想を求めているのだろうか……？

「――シャーロットさん、かわいい～」

「し、清水さん……!?　あ、ありがとうございます……」

答えていいのか迷っていると、急に清水さんがシャーロットさんの後ろから彼女に抱き着いてきた。

それにより、シャーロットさんは驚きながら清水さんを見ている。

Otonari

「ねっ、青柳君？　シャーロットさんかわいいよね？」

「えっ……」

何を考えているのか、清水さんはニコッと笑みを浮かべながら俺に尋ねてきた。

皆が見ている中でこんな質問をするなんて、なかなかの鬼畜だ。

「それは、男子に聞くべき質問じゃないと思うけど……」

「………」

あまりシャーロットさんとの関係に目を付けられたくない俺はそう答えたのだけど、そのせいかシャーロットさんがシュンとした表情で落ち込んでしまった。

やっぱり、褒《ほ》めてほしかったようだ。

だから、俺は――。

「かわいいよ……」

凄《すご》く小さな声で、素直な感想を彼女に伝えた。

途端に、シャーロットさんの表情がパァッと輝く。

本当にこの子はかわいすぎるのだ。

「青柳君、そこは素直に答えなよ……」

逆に清水さんは、呆《あき》れたような表情で俺を見てくる。

どうやら俺が呟《つぶや》いた言葉は彼女に聞き取られなかったようだ。

耳が凄くいいシャーロットさんにだけ聞こえるように言ったので、それでいいのだけど。

「清水さん、いいのですよ。それよりも、行ってきますね」

シャーロットさんは笑顔で手を振りながら去っていくのだけど、それを見て清水さんは首を傾《かし》げていた。

しかし、何かに納得いったようにポンッと手を叩く。

「あ～、なるほど。そういうことか」

「……ニヤニヤしてこっちを見てきてるけど、まだ何かあるの？」

「ううん、何もないよ」

そう言って、何やらご機嫌な様子で清水さんは自分の椅子《いす》に座った。

もしかして、気付かれた……？

彼女の態度からはそうとしか思えなかった。

――クイクイ。

「ん……？」

清水さんを横目で見ていると服を引っ張られたので、俺は視線を腕の中へと落とす。

すると、エマちゃんが首を傾げて俺の顔を見上げていた。

『ねぇねぇ、おにいちゃん。ロッティーどこにいったの？』

『あぁ、シャーロットさんはね、踊りに行ったんだよ』

『おどり……おうちでおどってたやつ？』

俺の記憶では、家でシャーロットさんが踊りの練習をしていた憶えはない。

だから、多分エマちゃんたちの部屋で練習をしていたのだろう。

まじめで誠実な彼女らしい。

運動が苦手ということで断ろうとしていたのに、一度任された以上はちゃんとやろうとしているようだ。

『多分そうだと思うよ。シャーロットさんを応援してあげようね』

『んっ……！』

頭を撫《な》でながら言うと、エマちゃんは嬉しそうに笑みを浮かべながら力強く頷いてくれた。

こういう素直なところは本当にかわいい。

「…………」

「ん？　東雲さんどうしたの？」

気が付けば東雲さんが隣でジッと俺の顔を見つめてきていたので、俺は首を傾げて尋ねる。

すると、赤くなった顔の前で慌てたように両手を振りながら彼女は口を開いた。

「う、ぅうん……！　なんでもないよ……！」

「そう？　気になったことがあるなら聞いてくれてもいいよ？」

素直に答えるとは限らないけど。

心の中でそう思いながら、俺はニコッと笑みを向ける。

笑顔を向けたおかげか、東雲さんは顔色を窺《うかが》うように上目遣いで口を開いた。

「えっと……英語で喋《しゃべ》ってるから……凄いなって……」

「あぁ、そういうことか。まぁ、ちょっと珍しいかもね」

「んっ……英会話教室に行ってるの……？」

「ううん、違うよ。昔、英語を教えてくれる人がいたんだ。幼い頃に付きっきりで教えてもらえたから、喋れるようになった感じかな」

まぁ、教わった後に自分でも結構勉強したのだけど……わざわざ、そういうことまで言う必要はない。

「いいなぁ……私も、英語を喋れるようになりたい……」

「東雲さんは英会話教室行ってるの？」

「ううん……習い事するお金ないから……」

「えっ？」

「あっ……！　ううん、なんでもない……！」

思わぬことを言われたので反射的に反応してしまうと、東雲さんはまた一生懸命誤魔化《ごまか》してしまった。

とはいえ、今回の内容はこれ以上踏み込むわけにはいかない。

誰だって、知られたくないことはあるのだから。

『あっ、おにいちゃん！　はじまる……！』

そうしていると、最初のチーム――A組の一年生から三年生までの応援団がグラウンドの中央に出てきた。

いよいよ、応援合戦が始まるようだ。

『ロッティー、でてくる？』

『シャーロットさんはね、D組っていう最後の組だから四番目に出てくるよ』

『よんばんめ……？』

『うん、さっきシャーロットさんが着てたように、青色の服を着てる人たちが出てきたらそうだよ』

『んっ……！』

先程目にしたのもあり、エマちゃんは見分け方を理解してくれたようで元気よく頷《うなず》いた。

そして、そのままシャーロットさんが出てくるのを待つ。

『――あっ、ロッティー……！』

青チームの面々が出てくると、エマちゃんが一部を指さした。

そこには、銀色の髪をした綺麗な女の子が走ってポジションに向かっていた。

一人だけ銀髪なので、凄く目立っている。

それからの俺は、一生懸命歌に合わせて踊るシャーロットさんに見惚《みと》れてしまうのだった。

「――やっぱり、どう見ても脈ありじゃん……」

そう呟く、清水さんの視線にも気付かずに。

◆

『――ど、どうだったでしょうか……？』

シャーロットさんは応援合戦を終えて戻ってくると、恥ずかしそうに照れ笑いを浮かべながら感想を聞いてきた。

てっきり戻ってきたらすぐにクラスメイトたちに囲まれると思ったのに、うまくすり抜けて俺たちの元に戻ってきたようだ。

『ロッティーすごかった……！』

シャーロットさんが踊っている間、エマちゃんはずっと拍手をしながら大はしゃぎだった。

その感想をちゃんと素直に伝えたようだ。

エマちゃんはとても正直なので、気を遣って褒《ほ》めているわけじゃないというのがシャーロットさんにも伝わる。

『本当に凄かったよ。頑張ったんだね』

『あっ……はい、ありがとうございます』

俺も素直に感想を伝えると、シャーロットさんは顔を赤く染めて熱っぽい瞳を向けてきた。

喜んでくれているようだけど、ちょっと今はその表情を向けられるのはまずい。

『そ、それじゃあ、俺もう行かないといけないから……』

『あっ……そうですね、クラス別リレーの番ですから……』

現在、一年生のクラス別リレーが行われている。

体育祭を盛り上げるために、盛り上がりやすいリレーを早めに持ってきているのだろう。

だから、二年生である俺たちは待機しておかないといけない。

ただ、三年生のリレーだけは、最後に行われるチーム対抗リレーの前に行われるようになっていた。

俺たち一、二年生のリレーが早めにあるのは、もしかしたら三年生に花を持たせるためというのもあるかもしれない。

ちなみに、チーム対抗リレーは全学年それぞれのクラスから男女一人ずつが選抜され、チームごとに組んで行われるリレーだ。

うちのクラスからはタイムが一番速い彰と陸上部の女子が出ることになっている。

「さて、サクッと勝ってきますか」

テントから出ると、一緒にリレーに出場する彰が肩を組んできた。

てっきり女子たちに囲まれてることに文句を言ってくるのかと思ったけど、どうやらそこに触れるつもりはないらしい。

「……それ、負けフラグみたいだな」

「なっ⁉　あ、明人《あきひと》が、フラグなんて言葉を知ってるだと……⁉」

「いや、なんでそんな驚くんだよ……？」

なんだか大袈裟《おおげさ》に彰が驚いているので、気になった俺は尋ねてみる。

すると、彰は信じられないものを見るかのような目で口を開いた。

「だってお前、俺が勧めてもなかなか漫画とか読まないじゃないか……！　フラグなんて、アニメや漫画くらいじゃないとそうそう使われないだろ……⁉」

なるほど。

最近はよくシャーロットさんと一緒に漫画を読んでるため気にしなかったが、確かに日常ではあまり使わない言葉だ。

それなのに俺が使ったもんだから、彰は驚いているらしい。

「別に、クラスで使ってる奴とかいるだろ？　それで覚えたんだよ」

「あ～、まぁそういえば、そんな気もするな……」

てきとーについた嘘だったけれど、彰は納得してくれたようだ。

自分で言うのもなんだけど、今後彰が詐欺《さぎ》に遭《あ》わないか心配になった。

「それよりも、今はリレーのことが優先だ。ほら、あそこを見てみろよ」

「ん？」

俺はある方向を指さし、彰がそちらを向く。

そこには、ニコニコ笑顔で俺たちを見つめている美優先生がいた。

「な、なんであんなに笑顔なんだ、あの先生……？」

「はは、よく見てみろよ。あれはただの笑顔じゃないぞ」

「ん……？」

俺の言葉を聞いた彰は、ジッと美優先生を見つめる。

そして、その横顔は段々と引きつったものに変わり、冷や汗をかき始めた。

「な、なぁ、心なしか、あの人の背後にオーラらしきものが見えるんだが……」

「はは、俺も同じようなものが見えてる気がするよ。あれだけの気迫を出しているということはつまり――」

「ま、負けたら許さない……？」

「そういうことだな」

「ひぇっ……」

俺が苦笑いをしながら頷くと、彰の表情から笑みが消えた。

美優先生は見た目通り負けず嫌いのところがあるため、俺たちに絶対勝てと念を送ってきてい。

あの人は俺と彰には容赦《ようしゃ》がないので、負けようものならどんな目に遭わせられるかわからないのだろう。

「あ、明人、お前本気で走るよな!?」

「そりゃあ、もちろん」

「本当だな!?　50メートル走や去年みたいに手を抜くなよ!?」

「抜かないって、うん」

「高校に入ってからのお前は信用できないからな……」

彰はそう言ってジト目を俺に向けてくる。

親友に対して随分《ずいぶん》な態度だ。

「抜かないってば。この前約束しただろ、もう彰を無理に立てようとするのをやめるって」

シャーロットさんの歓迎会の後、彰は俺が彰を立てようとすることを嫌だと言った。

元々彰のためにしていたことなので、本人が嫌だと言うならやめるべきなのだ。

「じゃあいいさ。俺とお前――中学時代一、二を争った足があるなら、絶対負けないだろ」

「だからそれ、フラグだってば……」

なんでこう、彰はフラグを立てたがるのか。

そんなにも負けたいのかと思ってしまう。

その後俺たちは、待機場所で残りの二人と合流した。

そして、出番が回ってきたのだけど――。

「――えっ!?　アンカー西園寺《さいおんじ》じゃないのか!?」

彰がスタートラインに並ぶと、周りから驚きの声が聞こえてくる。

現在の彰のタイムは50メートル走6秒フラットで、一年生の体育祭時はその俊足によって注目されていた。

そんな彰だからこそ、周りはアンカーだと思っていたのだ。

それに、リハーサルの時はアンカーで走っていたしな。

「しめしめ、驚いてる驚いてる。これは俺たちの勝ちだな」

そう言って笑みを浮かべるのは、同じチームの三番目のランナーだ。

なんでこう、フラグを立てる人間が多いのか……。

別にこの作戦が必勝法というわけでもないのにな……。

これは中学時代に俺が考えて彰と実践《じっせん》していた作戦で、要は先行逃げ切りをするためのリレー順なのだ。

リレーは人を抜く時には外から抜かないといけないため、体力と時間のロスが発生する。

なにげにそのロスのせいで抜くのが難しかったりするので、一番速い奴が最初に走って一位を獲り、そのまま速い順で走っていれば相手を抜くという動作が発生しないだけに勝ちやすいかもしれない、というだけだ。

また、最初に差をつけられなければ後半メンバーには精神的負荷がかかり、負ける可能性が一気に高くなってしまう。

だから、正直俺は諸刃《もろは》の剣だと思っていた。

「頼むぜ、青柳……！　西園寺が考えたこの作戦には納得したけど、他はアンカーが一番速いんだから、俺らの中で一番遅いお前が全員に抜かれて一位から最下位に落ちることは普通にあるんだからな……！」

彰を見ながら考え事をしていると、三番目に走るクラスメイトがそう声をかけてきた。

タイムが速い順で走るとなると、今回四番目だった俺はアンカーで走らないといけない。

この作戦を提案したのは彰なんだけど、あいつが俺をアンカーにしたくてわざとこの作戦を提案してきたのではないかと思っている。

ただ、それでも俺が乗ったのは、彰が一番になるのは他の利点があるからだ。

彰は反射神経がいいので、スタートダッシュだけでも他に差をつけられる可能性が高い。

少なくとも、スタートで出遅れることはないだろう。

そのため、俺は彰の好きにさせることにしたのだ。

「わかってるよ。ただ、まぁ……俺に回ってくるまでに差はちゃんとつけてくれ」

「任せろ……！　絶対に一番でお前に回してやるからな……！」

あぁ、なぜだろう……。

聞けば聞くほど、嫌な予感しかしない。

俺は高校に入ってから本気で走ってないが、高二で測ったタイムは6秒8だった。

中三の時のタイムが6秒3だったけど、多分あの頃よりは遅くなっているだろう。

もし二位と差がついてなければ、普通に抜かれることはありえた。

他チームは全員、陸上部か野球部だし。

《位置について――よ～い、ドン！》

俺が不安を抱く中、スタート合図と共に地を蹴《け》った彰がすぐに先頭に躍り出た。

「よし、西園寺！　そのまま行ってくれ！」

「くそ、あんな卑怯《ひきょう》だろ！　もう数メートル差がついてるじゃないか！」

歓喜と焦燥《しょうそう》の声に包まれる中、彰はグングンと加速していく。

《速い速い！　二年D組西園寺君！　去年会場を沸かせたその俊足は、あっという間に他選手たちを引き離してしまった！》

放送部がしている実況の通り差は開く一方で、半周を回った時点ではもう後続と10メートルくらいの差があった。

彰はベストタイムに近い速さでその俊足を飛ばし、次の走者にバトンを渡した時にはもう、二位と20メートル以上差がついていた。

「――へへ、どうだよ」

気持ち良さそうに汗を流す彰は、やり切った感を出しながらドヤ顔を俺に向けてきた。

「あぁ、恐れ入ったよ。まさか、ここまで差をつけるなんてな」

「後は頼むぜ」

そう言って彰が手を差し出してきたので、俺は気恥ずかしく思いながらもパンッと手を叩いた。

現在二番目の走者は差をつけることはできていないが、それほど詰められてもいなかった。

この調子なら、問題はないだろう。

運動部には力を入れていない学校のため、彰ほどの化け物じみた俊足は他のチームにはいない。

さすがにこれほどの差があれば、アクシデントさえ起きなければ負けないはずだ。

――そう思った時だった。

そのアクシデントが起きたのは。

「「あっ……！」」

《おおっと⁉　二年D組バトンを落としてしまった……！　この隙《すき》に後続たちがグングンと差を詰めてくるぞ！》

二番走者から三番走者へのバトンパス時、うまくバトンが渡らずに落ちてしまった。

二番走者と三番走者はどちらが拾うかで迷ってお見合いをしてしまうが、コンマ数秒ロスした後慌てて三番走者が拾おうとする。

その姿を見た瞬間、俺は反射的に叫んでいた。

「拾うな！」

「えっ……？」

「バトンパスが完了していない時に落としたら、前走者が拾わないといけないんだ！」

「あっ！　わ、悪い！」

俺の言葉で状況を理解した二番走者は、慌ててバトンを拾って三番走者に渡した。

しかし、その間に他の走者たちはもう来ており、今まであった差はほとんどゼロになってしまった。

一チーム遅れているが、二位と三位はもうすぐそこだ。

バトンパスを受けた三番走者は懸命に走るが、残っている奴等《やつら》は皆速いのか、あっという間に抜かれてしまった。

「やべぇ……！」

一チーム遅れていたおかげでまだ最下位には落ちていないが、最終コーナー手前になった時にはもう、最下位のチームともほとんど差がなくなっていた。

俺は目の前で行われる一位と二位のバトンパスを見届けた後、スタートラインに立つ。

「明人、わかってるよな!?　全力で走れよ!?」

「彰……わかってるよ」

彰が発破《はっぱ》をかけてきたので、俺は困ったように笑いながら頷《うなず》いておいた。

現在一位のチームとの差は、だいたい15メートルくらいか。

これを追いつくのはなかなかきつそうだけど、だからといって全力で走らないわけにはいかなかった。

「青柳、頼むぞ!」

「お前勝たなかったら許さないからな!」

「青柳君頑張って……!」

「お願い、一位になって……!」

もうすぐバトンが届く。

そう思って後ろを見ていると、テントからクラスメイトたちの声援が聞こえてきた。

まぁ、男子のは応援というよりも脅《おど》しだけど、勝ってほしいという気持ちは変わらないだろう。

俺は深呼吸をした後、助走を始める。

そしてバトンを受け取った瞬間、全力で地を蹴った。

《さぁ、最下位チームのアンカーにもバトンが渡った!　おぉっと!?　これは速い!　最終コ

ーナーで抜かれた二年D組だが、あっという間に抜き返したぞ！》

風を切りながら走る中、そんな実況の声が聞こえてくる。

だけど俺は、実況や抜き去った走者のことは気にせず、前にいる走者だけを見ていた。

《現在一位は二年B組！　7メートルほど開いてA組が追いかけているが、そのA組にはD組が物凄《ものすご》い速さで追っているぞ！　これは面白くなってきた！》

「いけぇ、青柳ー！　その調子だー！」

「青柳君、後もう少し……！」

「なんだ、あいつ⁉　速すぎないか⁉」

「あんな奴、去年いたか⁉」

実況の盛り上げる声やクラスメイトの声援、そして観戦しながら戸惑っている生徒たちの声が会場を包む。

俺はその中で、ついに二位の走者に追いついた。

「おい、嘘だろ⁉　なんで追いつかれてるんだ⁉　お前去年こんなに速くなかっただろ⁉」

「…………」

A組の走者は驚愕《きょうがく》しながら話しかけてきたが、生憎《あいにく》こちらは応える余裕はない。

まだ、抜かないといけない相手がいるのだから。

《さぁ、ここで二位と三位が入れ替わったぞ！　しかし、一位のB組とはまだ差がある！　D

組アンカー青柳君、ゴールまでに追いつけるか!?》

「追いつけるかじゃねぇ、追いつくんだ青柳!!」

「青柳君、ここで一位になったらかっこいいよ！」

クラスメイトたちの声援を受けながら、俺は更に足へと力を入れる。

1メートル、2メートル、3メートル――。

段々と差を縮めていくが、もうすぐ最終コーナーだ。

――やばい、間に合わない……！

残り距離と縮まっている差を瞬間的に計算してしまった俺は、このままでは間に合わないことを察してしまった。

しかし、既に全力は出しており、二年前にサッカーもやめているせいで体力が落ちて呼吸も苦しくなっている。

ここから追いつくのは、絶望的だった。

しかし――。

『――エマ、せーの、でいくよ？』

『んっ！』

『せーの！』

『『おにいちゃん、がんばれ!!』』

クラスのテント前を走り抜ける時、そう大きな声が聞こえてきた。

横目で見れば、シャーロットさんとエマちゃんが手をメガホン代わりにして叫んでいる姿が目に入る。

シャーロットさん、お兄ちゃんって……。

俺は思わぬ声援に気恥ずかしくなるが、なぜか少しだけ呼吸が楽になった。

だから、残りほとんどないスタミナから力を振り絞《しぼ》る。

《D組アンカーここで加速！　これは先頭に追いつくぞ……！　いや、追いついた……！　D組追いついたぞ！》

しかし――。

最終コーナーに差し掛かった時、俺はなんとか先頭に追い付いた。

「負けるかぁあああああ！」

追いついた途端B組アンカーは加速し、折角《せっかく》詰めた差をまた開かれてしまう。

だけど、俺はその差をすぐに詰めた。

「なっ⁉」

《さぁ、ゴール手前の先頭争いはデッドヒート！　勝つのはB組かD組か⁉》

「明人、差せぇえええええ！」

ゴールテープが目前まで迫った時、実況や声援などに混じる彰の声が聞こえてきた。

俺はその声が聞こえてきた瞬間、最後の力を振り絞った。

そして――。

《ゴォオオオオル！　最後の最後でD組が差し切ったぁあああああ！》

なんとか俺は、ゴールテープを先に切れたようだ。

「はぁ……はぁ……くそ……」

隣では、さっきまで一緒に走っていたB組のアンカーが両手を膝につきながら肩で息をしている。

スポ根系の漫画とかだとここで固い握手を交わしたりするんだろうけど、さすがにそんなことはできない。

走り終えた俺は、彰の元に向かった。

「やったな、明人」

「彰……久しぶりに本気で走ったから、疲れたよ」

本気で走ったのなんて、前にエマちゃんが階段から落ちそうになった時以来だ。

それより前はもう、一年以上本気で走っていない。

「みんな驚いてるぜ、明人の足の速さに」

「あぁ……とりあえず、約束は守ったからな」

「わかってるよ、それじゃあ退場の準備しようぜ」

それから俺と彰は、列に並んで退場をした。

そしてクラスのテントに戻ると——。

「青柳君、凄かったよ……！」

「ほんと、かっこよかった……！」

「俺、お前のことやる時はやる奴だと思ってたよ！」

意外にも、クラスメイトたちが歓迎してくれた。

さすがの手の平返しに俺は戸惑ってしまう。

「なんで今まで足が速いこと隠してたの!?」

「もしかして西園寺君より速い!?」

さて、困ったな……。

まだ体育祭は始まったばかり。

士気が高まることは嬉しいのだけど、俺が好かれる状況は困る。

しかしここで嫌われ者を演じると、いつもどおりクラスの雰囲気《ふんいき》が悪くなるだろう。

さすがに体育祭でその状況は好ましくない。

ましてや、エマちゃんがいるんだ。

あの子にはなるべく人間の嫌な部分を見せたくない。

「ごめんね、ちょっと疲れたから椅子《いす》に座るよ」

結局俺は、笑って誤魔化《ごまか》すことにした。
そして自身の席に戻っていると――。
『おにいちゃん、かっこよかった……！』
エマちゃんが、俺の足にしがみついてきた。
『エマちゃん、応援してくれてありがとうね』
俺は腰を屈めてエマちゃんにお礼を言う。
この子が応援してくれたからこそ、力が出たというのはあると思う。
エマちゃんはかわいらしく笑った後、両手を広げた。
『んっ、だっこ！』
そして、いつものおねだりだ。
しかし、俺はさっき走ったばかりで汗をかいてしまっている。
『ごめんね、今汗かいてるからやめておこ？』
『やっ……！　だっこ……！』
エマちゃんはブンブンと首を横に振る。
そして、両手を広げたままジッと見つめてきた。
『エマちゃん……』
『汗なんて気にせずに抱っこしてほしいんだと思いますよ』

『あっ、シャーロットさん……でも、気持ち悪がらないかな？』

シャーロットさんが話しかけてきたので、俺は気になっていることを尋ねる。

汗の臭《にお》いも気になるけど、それ以上に濡れた服というのが触れると不快のはずだ。

仕方ないこととはいえ、それでエマちゃんに嫌がられたらショックを受けてしまうぞ。

『大丈夫ですよ、それくらいはエマもわかっていますので。それでも、抱っこを求めている以上、問題ないということです』

『そっか……わかったよ』

俺はシャーロットさんに頷《うなず》いた後、エマちゃんの体に両手を回す。

すると、エマちゃんは嬉しそうに俺の首に両手を回してきた。

首元の濡れている部分に触れても嫌がる様子はない。

だから俺は、そのままエマちゃんを抱き上げた。

『えへへ……』

更にエマちゃんは俺の胸にスリスリと頰《ほお》を擦りつけてくる。

なんというか、この子の甘えん坊もここまでくると凄《すご》い。

『ふぅ……エマに先を越されちゃったなぁ……』

『ん？　シャーロットさんどうしたの？』

なんだかシャーロットさんが溜息を吐いていたので、俺はつい声を掛けてしまう。

　すると、彼女は顔を真っ赤にしてブンブンと両手を顔の前で振った。

『い、いえ、なんでもないですよ……！』

『そう……？』

『はい……！　それよりも、本当に凄いご活躍でしたね……！』

　シャーロットさんはそう言って、笑みを浮かべた。

　なんだか誤魔化された気がするけど、シャーロットさんの笑顔には凄く癒《いや》される。

『ありがとう。当分出番はないから、エマちゃんは俺のほうで見とくね』

『はい、よろしくお願いしま――って、どうしたの、エマ……？』

　シャーロットさんが話していると、急にエマちゃんがシャーロットさんの服を引っ張り始めた。

　今まで俺が抱っこしている時にエマちゃんがシャーロットさんの服を引っ張ったことはほとんどなく、珍しい行動に俺たちは首を傾《かし》げながらエマちゃんを見る。

　すると、エマちゃんはソワソワしながらシャーロットさんの顔を見上げた。

『おしっこ……』

『あっ……！　わ、わかった、行こ……！』

　エマちゃんの要望を聞いた瞬間、シャーロットさんは慌てて俺の腕からエマちゃんを抱きかかえる。

そして、申し訳なさそうに俺の顔を見てきた。

『すみません、ちょっとこの子連れていってきます……！』

『うん、ついでにそのまま服着替えておいでよ』

シャーロットさんは現在もチアリーダーの衣装だ。

多分俺たちのリレーを待っていてくれたんだろう。

だけど彼女も種目に出るので、そろそろ着替えていたほうがいい。

……まぁ、正直惜しい気はしなくもないけど……。

『あっ、それでは着替えてきますね』

彼女は照れくさそうに笑みを浮かべた後、エマちゃんを連れていってしまった。

だから俺は自分の席に座ろうとするのだけど――。

「あ～お～や～ぎ～？」

「――っ!?　ど、どうした？」

気が付けば、背後に男子たちが立っていた。

「お前、何シャーロットさんと楽しく話してるんだよ！」

「天使にも甘えられてずるいんだよ、馬鹿野郎！」

「なっ!?」

どうやらシャーロットさんやエマちゃんと話していたことで、嫉妬《しっと》されているようだ。

仕方ないので俺は、少しの間避難することにしたのだった。

第三章 「変化する評価と美少女留学生のアピール」

『エマ、もう少しの我慢だからね？』

『んっ……』

私はエマを連れて青柳《あおやぎ》君から離れた後、お手洗いに向かっていました。

そんな中――。

「――あの二年生の先輩、かっこよかったね」

「うんうん、めっちゃ速かったもん。それに知ってる？　あの人、入学して以来ずっとテストで一位なんだって」

「ええ!?　マジもんのエリートじゃん。それに、結構顔もかっこよかったよね？」

「うんうん、なんだか先輩たちの中では嫌われてるらしいから、ワンチャンスありそう」

二年生の先輩とおっしゃったことから、一年生の方々なのでしょう。

先程の青柳君の走る姿を見て、好意を抱いておられるようです。

耳を澄ましてみますと、他のところでも似たような会話がされております。

どうやらこれは一年生だけではなく、二年生や三年生のテントでもされているようでした。

「青柳君って嫌な奴って聞いてたけど、普段クールなのに一生懸命走ってる姿熱かったね」

「てか、クールなところ普通にかっこよくない？　私前から目を付けてたんだぁ」

二年生や三年生では、青柳君の評価が見直されているようでした。

なんでしょう……。

皆さんの青柳君に対する見方が変わることを願っておりましたが、なぜかモヤモヤとするものがあります。

『ロッティー、どうしたの……？』

『うぅん、なんでもないよ。もうすぐ着くからね』

エマが不安そうに私の顔を見上げてきましたので、私は笑顔を向けました。

そして、お手洗いが見えてきますと――。

「――おっと……」

男性のお手洗いから出てこられた方と、ぶつかりそうになってしまいました。

「あっ、申し訳ございません」

「いえ、こちらこそ――んっ……？　君は……」

「あっ……」

ぶつかりそうになった御方の顔を見て、私は思わず息を呑《の》んでしまいました。

その御方の顔は、あの方によく似ていらっしゃるのです。

もしかして、お父さんがこられているのでしょうか……？

「少し、お尋ねしてもよろしいでしょうか？」

私が驚いて見つめていますと、男性が話しかけてこられました。

「あっ、はい、なんでしょうか？」

私は失礼がないように姿勢を正し、笑みを向けます。

ここで好印象を抱いて頂かないと、私の今後に関わりますからね。

私は喉《のど》がカラカラに渇《かわ》くのを感じながら、男性の方の言葉を待ちます。

すると、男性の方は頬《ほお》を指で掻《か》きながら笑みを浮かべました。

「先程のリレーで一位を獲ったアンカーの少年の名前——実況の子は青柳君と言っていましたが、下の名前ってなんというのでしょうか？」

「えっ……？」

名前を聞いてこられた……？

ということは……。

「ごめんなさい、私は存じ上げません……」

いくら生徒の保護者であろうと、勝手に名前を教えるのは良くないと思い、私は誤魔化《ごまか》してしまいました。

しかし――。

「そうなのですか？　先程生徒のテントで、彼とお話しされていたように見えましたが……」

どうやら、青柳君と会話しているところを見られていたようです。

困りましたね……。

どうして名前をお尋ねされるのかわからない以上、教えるわけにはいきません。

苗字《みようじ》が気になるならまだしも、この御方は下の名前を気にされております。

普通なら、他の方の保護者が気にされることはないでしょう。

やはり、まずは理由をお尋ねしてから――。

『――ロッティ……おしっこ……！』

『あっ……！　ご、ごめんね……！』

考え込んでいますと、エマが泣きそうな表情で私の服を引っ張ってきました。

もう限界のようです。

「すみません、この子がちょっと限界のようで……」

「あぁ、これは失礼しました。そうですね、場所が場所でした」

「失礼します」

私は頭を下げて、エマを連れながらお手洗いに入りました。

男性の方からすれば、誤魔化した上に逃げたと思われたかもしれません。

出た時、どう話を付けるべきでしょうか……？

『ねぇ、ロッティー』

『ん？　どうしたの？』

『さっきのひと、おにいちゃんににてた。おにいちゃんのパパ？』

『──っ』

エマの言葉に、私は思わず息を呑んでしまいます。

そう──先程の男性は、青柳君とよく似た顔をされていました。

まるで、彼がお歳を取られた際の姿かと思うほどに、瓜二つ《うりふた》だったのです。

しかし、先程の男性は青柳君のお名前を聞いてこられました。

青柳君の名前を気になさっている理由はわかりませんが、逆にわかることもあります。

彼の下の名前を知らないということは、お父さんではない可能性が高いでしょう。

『違うと思うよ』

『んっ』

青柳君のお父さんでないとわかると興味をなくしたようで、エマは私の胸に顔を押し付けてきました。

それからエマのお手洗いを済ませて外に出ますと、男性はもういなくなっていました。

結局、どなたのお父さんだったのでしょうか……？

◆

『――青柳君？　どうしてこのようなところに……？』

体操服に着替えてクラスのテントに戻っている最中、なぜか木陰に隠れるようにして立つ青柳君を発見致しました。

青柳君は私たちのほうを見ますと、困ったように笑って口を開きます。

『あはは……まぁ、いろいろとあってね』

『なんだか疲れておられますか……？』

『それは、リレーで走ったからだよ。それよりも、もうちょっとしたらシャーロットさん出番だよね？』

リレーで疲れたにしては、まだ疲労が残っていることが気になりますが……。

こういう時の青柳君は、お尋ねしても素直に答えてくださいませんからね。

『はい、借り物競争に出ます』

『クラスごとに得点を競ったり、三学年のチーム単位で総合点を競ったりしてはいるけど、慌てなくていいからね。こういうのは、祭りみたいなものだと思ったらいいから』

『青柳君……ありがとうございます』

優しい笑みを浮かべながらアドバイスをしてくださった青柳君に、私は笑顔でお礼を言いました。

そうしていると、腕の中のエマが青柳君に両腕を伸ばしました。

相変わらずの甘えようです。

たまにこの子の幼さが羨《うらや》ましくありました。

『とりあえず、エマちゃんは預かっておくね』

『はい、よろしくお願いします』

私は青柳君にエマを預けますと、そのまま少し雑談をして待機場所に向かいました。

青柳君はエマがいるのでテントに戻られたようです。

彼はエマのことを一番に考えてくださるので、もしかしたら戻りたくないのにテントに戻られてしまったのかもしれません。

後でもう一度お礼を言っておきませんと……。

そうして順番が回ってくるのを待っていますと、ついに私の番が来ました。

借り物競争は運も関わる競争なので、足が遅くても巻き返せるかもしれません。

折角《せっかく》青柳君が一番を取られてクラスも盛り上がっていますので、私も頑張って――。

そう思いながら引いた私のお題は、《大好きな人》でした。

「――っ!?」

思わぬ内容に顔が急激に熱くなります。

しかし、既にお題を引くまでの間に、私は他の皆さんに差をつけられてしまっていました。

ですから、迷っている余地などありません。

私は急いでクラスのテントを目指します。

「シャーロットさん、お題なんだったの!?」

「水筒!?　お弁当!?　ハチマキ!?」

「すぐみんなで用意するから、なんでも言って！」

私がテントに戻りますと、皆さんがお題について聞いてこられました。

協力もしてくださるようで、まとまっているクラスに感動を覚えます。

「いえ、大丈夫です。既に見つけていますので」

私は笑顔で皆さんにそう言い、青柳君の前に立ちました。

「シャーロットさん？」

「あ、あの、青柳君……！　一緒に来て頂けますか……!?」

私は熱くなる顔を我慢しながら、青柳君にお尋ねします。

すると――。

「「「「ええええええ!?」」」」

皆さんが、大声をあげてしまいました。

《おぉっと⁉　なぜか二年Ｄ組から大声が上がったぞ⁉　いったいどんなお題だったのか⁉》

「シャシャシャ、シャーロットさん⁉　お題なんだったの⁉」

「なんで青柳なんかを⁉」

驚いている男の子たちが、私に詰め寄ってきました。

清水《しみず》さんや青柳君でさえ私の行動に驚いているようです。

そんな中、私は慌てて口を開きました。

「あ、あの、お題は《子供を連れた人》だったんです……！　ですから、青柳君に来て頂きたくて……！」

「あっ、あぁ、なるほど……！」

「それは仕方ないね……！」

私の苦し紛《まぎ》れな言い訳に、皆さん納得してくださいました。

そのことに、私はホッと胸を撫《な》で下ろします。

「…………」

ですが、清水さんは若干《じゃっかん》物言いたげな目を私に向けてこられました。

言い訳が苦しい、とでも言いたげな表情です。

「とりあえず、俺とエマちゃんが行けばいいんだね？」

私が清水さんを見ていますと、青柳君が腰をあげてくださいました。

彼の腕の中にいるエマは、私たちが日本語で話しているので状況を理解できず、不思議そうな表情をしています。

「お願いします……」

「うん、それじゃあ行こう」

青柳君は困ったように笑いながら、私の隣に立ってくださいます。

それからは二人――いえ、三人で借り物競走の審判である花澤《はなざわ》先生の元に向かいました。

「な、なんでシャーロットさんがあんな奴と……!?」

「あれさっきリレーのアンカーだった奴だよな!?」

「いったいどんな関係なんだ!?」

花澤先生の元へ向かっている中、各クラスのテントからそのような戸惑いの声が聞こえてきます。

そのせいで私は更に顔が熱くなってしまい、チラッと青柳君の顔を見ました。

すると、彼の顔もほんのり赤く染まっております。

さすがの彼も、この状況には照れておられるのかもしれません。

《さぁさぁ、会場が困惑の声で包まれておりますが、それもそのはず！　現在走ってる銀髪の美少女は我が校で大人気な――えっ、その実況はやめろ？　美優《みゆ》先生が睨《にら》んでる？　あっ!?》

プツンッ――。

その音と共に、実況をされている方の音声は消えてしまいました。

いったい何があったのか気になってそちらを見ますと、花澤先生が放送部の方の席にいらっしゃいました。

そして何事もなかったかのように審判の定位置に戻られます。

「い、いったい何が……？」

「う～ん、まぁ暴走しようとした放送部を美優先生が止めたって感じかな……。とりあえず、一番で着きそうだ」

困ったように笑う青柳君の顔を見上げた後に前を向きますと、花澤先生が立っているところに一番早く着くことができました。

「まさかお前らが来るとは予想外だったよ。さて、まずはお題の紙を頂こうか」

私は花澤先生にお題の紙を渡します。

お題を確認された花澤先生は、少し驚いた表情で私と青柳君の顔を交互に見られた後、ニヤッと笑みを浮かべました。

「へぇ～？　ふ～ん？　ほ～ん？」

「なんですか、そのわざとらしい言い方は……？　お題は《子供を連れた人》なんでしょ？」

「なるほどな、そういうことか」

青柳君とのやりとりで全てを理解された花澤先生は、ニヤニヤとしながら私の顔を見つめてきました。

「な、なんでしょうか……？」

私がそうお尋ねすると、花澤先生が私の耳元に口を寄せてこられました。

「みんなの前で連れ出すなんて、大胆《だいたん》だな」

「～～～～っ！」

完全に心を見透かされており、私は思わず両手で顔を隠してしまいます。

「美優先生、また変なことを……」

そんな私を見て青柳君が呆《あき》れた声を出されたのですが、花澤先生は青柳君に優しい笑みを向けて、首を左右に振ります。

「いや、なんでもない。お題クリアのため、三人はゴールだ」

花澤先生はお優しい表情でそうおっしゃられた後、ソッと私の頭を撫でてこられました。

突然のことに驚いてしまいますが、私たちはそのまま一位の旗が立ったところに並ぶよう促され、移動します。

「美優先生、なんだったんだろ……？」

お隣では、青柳君が不思議そうに首を傾《かし》げておられます。

私はご説明するのが恥ずかしくて目を逸《そ》らし、エマの頬《ほお》をツンツンとつつきました。

すると、エマがキョトンとした表情で私の顔を見上げてきます。

『エマたち、いちばん？』

最近は数字も勉強していますので、《1》と書かれた旗を見てそう理解したのでしょう。

『そうだよ、一番だね』

『わぁ……！　エマたち、いちばん……！』

私が頷《うなず》くと、エマは両手をペチペチと合わせて拍手を始めました。

とても嬉しいようです。

そんなエマのことを、後からゴールに入ってこられた皆さんは笑顔で見られております。

と言いますか、ニヤニヤされております。

『…………』

エマはその視線が嫌だったのでしょう。

喜んでいたはずなのに、青柳君の胸元に顔を埋めてしまいました。

青柳君はそんなエマの頭を優しく撫でて、私に笑顔を向けてこられます。

「そういえば、まだ言ってなかったね」

「えっ？　何をでしょうか？」

「おめでとう、シャーロットさん。一番だよ」

「あっ……ありがとうございます……」

ニコッと笑みを浮かべてお祝いを言ってくださった青柳君に、私はそうお礼を言ったのでした。

◆

体育祭は順調に行われていた。

早々に四クラスの中で頭一つ出た俺たちD組だったけど、後に続く二十人大縄跳びでは最下位だったため、さほど他クラスと開きはない。

そんな中――。

『ごはん?』

昼食の時間を迎えた。

『そうだよ、エマちゃん』

『おにいちゃんもいっしょ?』

エマちゃんは嬉しそうに小首を傾げて俺の顔を見上げてくる。

しかし、俺は申し訳ない気持ちで口を開いた。

『ごめんね、俺は一緒に食べられないんだ』

『むぅ……』

俺が別で食べると知ると、エマちゃんは不服そうに頰を膨《ふく》らませてグイグイと俺の服を引っ張ってきた。

一緒に食べたいとアピールしているようだ。

『青柳君、その……今回はエマがいることで一緒にいてもおかしくないと思うのですが、それでも難しいでしょうか……？　ほ、ほら、お弁当箱も全《まった》く別のにしてますので……』

シャーロットさん、英語だとみんなにバレないと思って結構切り込んでくるな……。

人によっては内容が聞き取れる気がするんだけど……まぁ、細かいことはいいか。

『弁当箱が違っても中身が同じだからね、あまり詮索《せんさく》されるようなことはしたくないんだ』

シャーロットさんの隣には、厄介《やっかい》な清水さんがいるわけだし。

弁当箱の中身が同じであれば、彼女はまず間違いなく詮索《せんさく》してくる。

『あっ、ごめんなさい……私がもっと気を利《き》かせて、別々のおかずを入れておけばよかったですね……』

『い、いや、そんなシャーロットさんのせいみたいなことじゃないから……！』

シャーロットさんが落ち込んでしまったので、俺は慌ててフォローをする。

周りの生徒たちはギロッと俺を睨《にら》んでくるが、そんなことよりもシャーロットさんを落ち込ませたことが問題だ。

だから俺はすぐに考えを巡らせ、一つの案を提示する。

『じゃあ、誰にも見られないところで一緒に食べる？』

『あっ、よろしいのですか!?』

シャーロットさん、そんな嬉しそうな表情しないで……。

周りにバレちゃうよ……。

『おにいちゃん、いっしょに食べられるの？』

『うん、そうだよ』

『わぁ……！』

エマちゃんも、俺と一緒に食べられると知って満面の笑みを浮かべた。

この姉妹は、本当にすぐに感情が表情に出るのでわかりやすい。

『とりあえず、美優先生に話を付けてくるよ。場所は後でスマホで連絡するね』

俺は周りに聞かれないよう小さな声で話した後、エマちゃんをシャーロットさんに預けて席を立った。

そして、美優先生の元に向かう。

「――空《あ》き教室、か……まぁ、貸すのはいいが……」

事情を話すと、美優先生は少し渋い表情を浮かべる。

やはり難しいか……？

「まずいですかね？」

「いや、エマがいるのだから他生徒がちょっかい出さないようにするためにも、空き教室自体貸すのはいいんだが……」

「では、何が問題なんです？」

「誰もこない空き教室……そこでお前――」

美優先生はそこでいったん言葉を止め、俺の顔を見てくる。

そして――。

「変なこと、するなよ？」

ニヤッと笑みを浮かべた。

「いや、変なことってなんですか……？」

「ふふ、言わなくてもわかるだろ？　お前たち随分《ずいぶん》と仲良くなっているようだからな」

「またその話ですか……。まずありえないですから、不要な心配をしないでください」

いつもの与太話《よたばなし》なので俺は流すことにした。

すると、美優先生はつまらなさそうに口を開く。

「お前、張り合いないな……。シャーロットが可哀想《かわいそう》だ」

「そういうふうに弄《いじ》られるほうが可哀想だと思いますが？」

「まぁいい。とりあえず鍵《かぎ》は貸してやるから、ついでにあいつも連れていってやれ」

「えっ？」

美優先生が親指で左側を指したのでそちらに視線を向けてみると、物陰に隠れるようにして東雲《しののめ》さんが俺たちを見ていた。

何してるんだ、あの子……？

「東雲、隠れてないで出てこい」

「――っ！」

東雲さんは美優先生に声をかけられると、ビクッと体を震わせた後にキョロキョロと周りを見回し始めた。

完全にテンパっている。

「慌てるな慌てるな。別に青柳は怒ったりしないから。とりあえず、こっちにこい」

「……はい」

美優先生に呼ばれると、東雲さんはゆっくりと俺たちに近付いてきた。

「東雲さん、何か用事があるのかな？」

俺たちを見ていたということは、用事があるのだろうと思い声をかけてみる。

もちろん声は優しめを意識したのだけど……普段なら答えてくれるのに、今はなんだか言いづらそうにしていた。

「あの……その……」

「ゆっくりでいいよ？」

「う、うん……。でも……」

何か言いづらいことなのかな？

そう思って見ていると、美優先生が口を開いた。

「東雲も、青柳と一緒に食べたくて青柳の後をついてきたんじゃないのか？」

「えっ、そうなの？」

美優先生から意外な言葉が出てきて、俺は東雲さんに確認をした。

すると、東雲さんは恥ずかしそうに俯《うつむ》き、人差し指を合わせながらモジモジとし始める。

「その……えっと……うん……」

どうやら、本当に俺と一緒に食べたくて声をかけてきたようだ。

「親御さんと一緒に食べなくていいの？」

「あっ、えっと……お父さんのところに行ったら、青柳君と食べておいでって……」

「あぁ、友達と食べてくるように言われたのか。じゃあ、一緒に行こうか」

こう言うと可哀想になるけど、正直東雲さんはクラスなどに友達がいない。

だから俺が断ってしまうと、気弱な彼女は行く場所がなくなってしまうのだ。

俺が誘うと、東雲さんは嬉しそうに笑みを浮かべてコクコクと頷いた。

「まぁそういうことだから、空き教室を貸す代わりに東雲のことを頼んだ」

「ええ、わかりました。じゃあ、東雲さん行こうか？」

「う、うん……！」

声を掛けると、東雲さんはまたコクコクと一生懸命頷いた。

この子のこういうところは、なんだかエマちゃんと似ているので可愛《かわい》らしく感じる。

俺たちはそのまま、美優先生と共に職員室を目指すのだけど——。

「ついお節介《せっかい》してしまったが……シャーロットに悪いことをしたな……。しかし、放っておくのも可哀想だし……」

なんだか、美優先生が口元に手を当てながらブツブツと呟《つぶや》いている。

俺はそのことが気になったけれど、独《ひと》り言《ごと》に干渉するのもどうかと思い、東雲さんに話しかけて気にしないようにするのだった。

◆

「——し、東雲さんもご一緒なのですね」

チャットツールで空き教室を伝えると、お弁当箱を持ちながらエマちゃんと一緒に来たシャーロットさんが、なぜか若干《じゃっかん》引きつったような笑みを浮かべていた。

「だ、だめだった……?」

シャーロットさんの反応が微妙だったので、東雲さんが不安そうに彼女の顔を上目遣いで見つめる。

それにより、慌ててシャーロットさんが口を開いた。

「い、いえ、大丈夫ですよ……！　ちょっと驚いただけですので……！」

「そう……？」

シャーロットさんが取り繕《つくろ》うと、東雲さんは不安そうに聞き返した。

すると、シャーロットさんはコクコクと頷く。

「は、はい……！　一緒に食べましょう……！」

「ありがとう……」

了承してもらえたことで、東雲さんはホッと胸を撫《な》で下ろした。

豊満な胸が大きく揺れ、なぜかシャーロットさんが凄《すご》い速さで俺のほうを見てくる。

そのため、俺は反射的に目を逸《そ》らした。

「と、とりあえず、テキトーに座ろうか」

俺は若干気まずくなりながら三人分の椅子《いす》を準備する。

そうしていると、エマちゃんが俺の足元に来て服を引っ張ってきた。

視線を向けると、大きく両手を広げる。

いつもの抱っこを求める仕草だ。

『だっこ』

『うん、ちょっと待ってね』

俺は弁当箱を椅子に置き、エマちゃんを抱き上げる。

そして落とさないように気を付けながら、弁当箱を持ち上げてそのまま椅子に座った。

「テントにいる時から見てたけど、随分と懐いてるよね……？」

「まぁ、そうだね」

東雲さんが不思議そうに見てきたため、俺は笑顔で答えた。

すると、シャーロットさんの妹だからか、東雲さんはソワソワとしながら興味深そうにエマちゃんを見始める。

しかし逆にエマちゃんは、東雲さんの視線から逃げるように俺の胸に顔を埋めてしまった。

やはり他人が苦手なようだ。

「嫌われた……」

「東雲さん、落ち込まないで。エマちゃんは他人が苦手なだけだよ」

シュンと落ち込んだ東雲さんに対して、俺は慌ててフォローする。

しかし、東雲さんは残念そうに首を傾《かし》げた。

「人懐っこくない……？」

「そうみたいだね……」

「そっか……」

ごめんね、東雲さん。

俺と接するエマちゃんを見ていると人懐っこく感じるのも仕方ないんだけど……エマちゃんは、一癖《ひとくせ》も二癖《ふたくせ》もある子だから……。

「そ、それよりも、早く食べましょうか」

場の空気を読んで、シャーロットさんが救いの手を差し伸べてくれる。

椅子は三人で三角形を作るように置いているので、三人とも向き合う形になった。

「……あれ？」

「ん？　どうしたのかな？」

東雲さんは何か気付いたように首を傾げたので、俺は声をかけてみる。

すると、俺とシャーロットさんを交互に見て、言っていいのかどうかを悩んでいるようだ。

まぁ、何を言いたいのかわかるけど……。

「大丈夫だよ、言いたいことがあるなら言っていいからね」

「あっ……んっ……」

優しい声を意識して話しかけると、東雲さんは上目遣いで頷《うなず》いた。

そして、俺とシャーロットさんのお弁当箱を指さす。

「二人とも、弁当箱の中身同じだね……」

そりゃあ、指摘されるのも当然だよな……。

どうして俺がわざわざ東雲さんに対して言うように促したのか――それは、相手が東雲さんだからだ。

彼女なら他人に言いふらすような真似《まね》はしない。

むしろ、ここで口止めをせずに思わぬタイミングで彼女の口からこぼれるのが怖かった。

だから、こうして言葉にしてもらったのだ。

「ごめんね、ちょっと訳ありなんだ。エマちゃんが俺に懐いてるのも、そういうことなんだよね」

「あっ、そうなんだ……」

折角《せっかく》の機会なのでエマちゃんについても軽く説明すると、東雲さんは仕方なさそうな笑みを浮かべた。

誤魔化《ごまか》すように言ったのに、理解してくれたようだ。

「他の人たちには内緒にしてくれる？」

「う、うん、もちろん……」

お願いをすると、東雲さんは笑顔で頷いてくれた。

彼女は優しいので、正直にお願いすればこんなふうに約束してくれる子なのだ。

「ありがとう」

俺はお礼を言い、そのまま視線を膝の上に座るエマちゃんに向ける。

すると、エマちゃんはお腹を両手で押さえながら弱々しい表情で見上げてきた。

『おにいちゃん、おなかすいた……』

『そうだね、食べようか』

『んっ……！』

頭を優しく撫でると、エマちゃんは嬉しそうに笑みを浮かべた。

本当に可愛らしい子だ。

それから俺たちは、四人仲良く雑談をしながら食事をした。

とはいえ、エマちゃんは日本語が喋《しゃべ》られないし、東雲さんは英語が喋られないので、俺とシャーロットさんが日本語と英語を使い分けながら話していたのだけど。

途中――。

「二人とも、凄くてかっこいい……」

二ヵ国語を使い分けているとそう東雲さんが褒《ほ》めてくれたので、俺もシャーロットさんも照れくさい気持ちになった。

それともう一つ。

「凄く、手慣れてる……」

俺がエマちゃんに食べさせながら自分も食べていると、スムーズに動作を行っていることで東雲さんにそんなことを言われてしまった。

さすがに毎日していることだから、慣れるのは当たり前なのだけど。

「――じゃあ、行こうか」

食べ終えると、俺は二人に添う声を掛けた。

もちろん、エマちゃんはシャーロットさんにお願いしている。

エマちゃんは俺に手を伸ばしてきているけど、一緒に戻ってしまうとみんなにバレてしまうため、それは避けないとならない。

――と、そうだ。

「シャーロットさん、東雲さんと一緒に戻っててくれるかな？」

「――っ!?」

東雲さんのことをシャーロットさんにお願いすると、東雲さんが驚いたように俺の顔を見てきた。

だけど、いったん気付いていないことにして話を進める。

「俺は職員室に鍵《かぎ》を返しに行くから、東雲さんと先に戻ってて」

「あっ！　はい……！」

俺が意味を込めてウィンクをしながら言うと、意図が伝わったらしく笑顔で頷いてくれた。

こういう時、察しが良くてありがたい。

「東雲さん、一緒に行きましょうか？」

「一緒に行っていいの……？」

「もちろんです、私たちはお友達なのですから」

「――っ!?　ありがとう……！」

友達と言われ、東雲さんはとても嬉しそうに笑みを浮かべた。

そして、テテテッとシャーロットさんの隣に行く。

「それでは青柳君、先に戻っていますね」

「青柳君……また後で……」

二人はそう言って、俺に手を振ってきた。

シャーロットさんの腕の中にいるエマちゃんだけは、まだ諦めずに両手を伸ばしてきていたが……。

俺はその後三人と別れ、職員室で美優先生に鍵を返すのだった。

◆

体育祭も終盤に差し掛かった頃、俺とシャーロットさんは入場の列に並んでいた。

これから、男女混合二人三脚リレーが行われるのだ。

ちなみに、俺やシャーロットさんが参加した玉入れはすんなり終わり二位だった。

「ポイントが入らない種目って珍しいですよね」

隣に並ぶシャーロットさんが、嬉しそうな笑みを浮かべて俺にそう言ってきた。

彼女は運動を苦手としているので、クラスの得点に影響しない種目は嬉しいのだろう。

「部活対抗リレーみたいな扱いだからね。この種目の目的は男女が仲良くできるようにってことらしいから、喧嘩《けんか》にならないよう得点は付けないいんだと思うよ」

順位による得点なんて付けたら喧嘩が発生したり、勝ちにこだわった男子が女子を無理に走らせたりしかねない。

そういうリスクを避けているんだろう。

「嬉しい限りです」

「うん、とりあえず楽しもうよ」

競わなくていいのだから、遊びのように仲良くすればいい。

ただ……俺やシャーロットさんは大丈夫だとしても、目的通りいくとは限らないのだけど。

「やだなぁ……」

「ほんと、この種目いらないよね」

「俺らだって、シャーロットさんのほうがよかったし」

「はぁ!?　男子それ酷《ひど》くない!?」

周りでは、主に女子を中心に意中の相手と組めなかった生徒たちが文句を言っていた。

そりゃあ無理矢理組ませているのだから、仲が良くなるどころか悪くなってもおかしくはない。

この状況少しまずいな……。

――そう思った時、列の別の場所から声が聞こえてきた。

「はいはい、みんな文句言わない。せっかく楽しくやってたんだから、最後まで楽しくやろうよ」

視線を向けてみれば、殺伐《さつばつ》とした雰囲気《ふんいき》の中で、一人の女子が両手を叩きながらみんなに話しかけている。

いつもクラスの雰囲気を良くしたがる、清水さんだ。

こういう時は、彼女が凄《すご》く頼りになる。

清水さんはシャーロットさんが来るまで女子の中心人物だったため、彼女に反抗しようとする女子はそうそういないのだ。

俺はそんな彼女を見ながら、チラッと後ろにいる彰《あきら》にアイコンタクトを送った。

「でも、有紗《ありさ》ちゃん……」

「でもじゃないよ。そういう嫌がるようなこと言ったら、言われた側は嫌なだけでしょ？」

清水さんは文句を言っていた女子たちを嗜《たしな》める。

「そうそう、清水さんの言う通りだ。なんで仲間割れするんだよ？　美優先生が怒るぞ？」

そして彼女に口添えをしたのは、彰だった。

クラスで中心に位置する二人に注意された生徒たちは、バツが悪そうに目を逸《そ》らした。

これ以上言い合いをするのはやめ、皆きちんと列に整列する。

命拾い、したな……。

俺はチラッと左方向を見る。

そこには、腕を組んで俺たちのことを見据える美優先生がいた。

後数分遅ければ、喧嘩してた奴らがどんな目に遭《あ》わされていたかわからない。

その辺、美優先生は厳しいからな。

「さすがですね」

「そうだね、あの二人は頼りになるよ」

隣で感心したようにシャーロットさんが言ってきたので、俺も同意しておいた。

あの二人だからそうそうに収まったのだろう。

『ねぇ、青柳君』

ん？

なんでわざわざ英語……？

『どうしたの？』

『私は思うんです。確かに誰かが悪役を演じれば、事を収めることは簡単かもしれません。しかし、他に手段がないわけではないですよね？』

『…………』

俺は黙ってシャーロットさんを見つめる。

すると、彼女はとても優しい笑顔を向けてきた。

『清水さん、西園寺《さいおんじ》君と力を合わせれば、青柳君なら悪役にならずとも簡単に場を収めることができるのではないですか？　もちろん、私も協力致します』

なるほど、な……。

急に英語で話しかけてきたのは、周りに聞かれないようにしながら俺を諭《さと》したかったのか。

一応小声でもあるし。

確かに、洞察力に優れて場の空気を読むことに長《た》けた、清水さん。

持ち前の明るさやスポーツ選手として皆から憧れる実力を持つ、彰。

その上、今や学校一人気といっても過言じゃないシャーロットさんがいれば、ある程度のことなら簡単に収めることができるだろう。

しかし――。

『ごめんね、シャーロットさん。俺と清水さんは考え方が真逆だから、難しいと思うよ』

彼女は先のことよりも場の空気を優先し、俺は場の空気よりも先のことを優先する。

だから絶対に意見が一致しないことがあるだろう。

と、思ったのだけど……。

『大丈夫ですよ、彼女なら』

なぜか、シャーロットさんは清水さんのことを凄く信頼しているようだ。

喫茶店《きっさてん》で少し酷いことをされたのに……彼女の懐《ふところ》の深さは凄いな。

『まぁ、考えておくね』

とりあえずこのままだと平行線になりそうだと思った俺は、そう誤魔化《ごまか》しておいた。

すると、シャーロットさんは俯《うつむ》いてしまう。

『……まだあなたには、私の言葉なんて届かないのですね……』

何を言ったのかは聞き取れなかったけど、俺が否定したことに対して何か呟《つぶや》いたのだろう。

触れるかどうか悩むが、独《ひと》り言《ごと》のようだし聞かないことにした。

これ以上この話が続くのも困るしな。

そうしていると、シャーロットさんがまた顔をあげる。

『ごめんなさい、種目前に余計なことを言ってしまいましたね。二人三脚、頑張りましょう』

そう言う彼女の表情は一切曇りない素敵な笑顔だった。

思うところはあるのに、表情に出さないのはさすがだ。

だから俺も笑顔を返しておく。

『そうだね、頑張ろう』

その後、俺たちは仲良く二人三脚を走り終え、結果は二位で終わった。

そして、彰の活躍により最後の種目であるチーム対抗リレーで青チームが一位になったことで、俺たちDクラスは二年生の中で総合得点一位になるのだった。

第四章

「幸せな家族のような時間」

「お、は、よ、う。お、に、い、ちゃ、ん」

体育祭の次の日、朝早くにエマちゃんが俺の部屋を訪れていた。

今日は一緒に遊びに行く約束をしていたため、どうやら待ちきれずに来てしまったようだ。

天使のようにかわいい挨拶《あいさつ》に頬《ほお》を緩《ゆる》めながら、俺は腰を屈める。

「お、は、よ、う」

そして、俺もエマちゃんと同じようにゆっくりと挨拶を返した。

するとエマちゃんは、やっぱり凄《すご》く嬉しそうに笑ってくれる。

『んっ』

エマちゃんのかわいい笑顔に癒《いや》されていると、エマちゃんが両腕を広げて俺の顔を見上げてきた。

これは《だっこして》というエマちゃんの合図だ。

会うたびに抱っこを求められているため、もう覚えてしまった。

俺はエマちゃんの小さな体に腕を回し、落とさないようにしっかりと抱き上げる。

『えへへ、おにいちゃん』

要求通り抱っこをしてあげると、エマちゃんは甘えるような声で頬ずりをしてきた。

この子は本当に抱っこが好きだ。

いつも抱っこをするたびに上機嫌で頬ずりをしてくる。

こんなにもかわいらしい子を嫌う者などいないだろう。

それよりも、シャーロットさんはいったいどうしたのだろう？

エマちゃんが来た時にはいなかったようだけど……。

『ねぇエマちゃん。シャーロットさんはどうしたの？』

普段なら絶対に妹についてくる姉がいないことに疑問を持った俺は、今もなお頬ずりをしてきているエマちゃんに聞いてみた。

『んっ……？　ロッティーはね、ずっとかがみとにらめっこしてる』

『鏡と睨《にら》めっこ？』

なんだそれは？

シャーロットさん、一人で何をしているんだろう……。

『うん！　だからね、エマはひとりできたの！』

まるでほめてほめてと言わんばかりに、自慢げに言ってくるエマちゃん。

多分一人で来たことを褒《ほ》めてほしいんだろう。

誇らしげな態度はかわいいのだけど、今後のことを考えると素直に褒めてあげられない。

『エマちゃんはまだ幼いんだから、一人で出歩くのは駄目だよ？　お外は危険がいっぱいなんだからね？』

一度、家を抜け出して一人で出歩いた前科があるため、同じことを繰り返さないよう俺は注意をした。

この子は外国人の上に幼くて凄くかわいい。

一人で歩いていれば変な奴に狙われやすいはずだ。

もしこの子がいなくなれば、シャーロットさんは絶対に塞《ふさ》ぎ込んでしまう。

何より、俺自身もかなりショックを受ける。

だから、万が一にもそんな事態にだけはなってほしくない。

『だめ……？』

俺に注意されたのがショックだったのか、エマちゃんは目をウルウルとさせながら上目遣いで俺の顔を見つめてきた。

うっ……めちゃくちゃ罪悪感が込み上げてくる……。

まるで弱いものいじめをしているかのようだ。

この子がする涙目の上目遣いは反則だと思う。

しかし、この表情に負けるわけにはいかない。

エマちゃんを危険にさらすわけにはいかないのだ。

『うん、危ないから駄目だよ。外に出る時は、シャーロットさんや――うぅん、シャーロットさんと一緒に出ようね？』

俺は《シャーロットさんやお母さん》と言おうとしたのだけど、ふとエマちゃんにとってお母さんがどの立ち位置にいるかがわからないと思い、咄嗟《とっさ》に誤魔化した。

エマちゃんは特に気にした様子はなく、頬を膨《ふく》らませながら口を開く。

『むぅ……はぁい……』

不満そうではあるが、エマちゃんはちゃんと頷《うなず》いてくれた。

幼いのに聞き分けがよくていい子だ。

『よしよし、エマちゃんはいい子だね』

『えへへ』

頭を優しく撫《な》でて褒めると、頬は途端に萎《しぼ》んで笑顔に変わった。

こういうところはやっぱり子供だよな。

――ピンポーン。

エマちゃんの頭を撫でていると、家のインターホンが鳴った。

おそらくシャーロットさんが来たのだろう。

『あっ、やっぱり……！』

エマちゃんを抱いたまま外に出てみると、予想通りシャーロットさんがドアの前にいた。

頬を膨らませて怒っているように見えるのは、きっとエマちゃんが一人で俺の家に来ていたからだろう。

気が付けば妹が家からいなくなっていればそれも当然だ。

ただそれよりも――シャーロットさん、凄くかわいいな……。

上は黒色のニットトップスに、下はピンクのスカート。

どちらもシンプルな物にもかかわらず――いや、シンプルだからこそ、シャーロットさんの魅力が引き立てられていた。

特に黒色のニットトップスはシャーロットさんの綺麗《きれい》な銀髪を更に魅力的に見せている。

黒色を基調とした服を着ていたのには驚いたが、よく似合っていて本当にかわいい。

それに黒色のタイツを穿《は》いているのと、顔に薄く化粧《けしょう》をしているせいか普段よりも大人っぽく見える。

エマちゃんが言っていた《鏡とにらめっこ》という意味がわかった。

シャーロットさんは今日、俺と遊びに行くためにお洒落《しゃれ》をしてくれていたのだ。

彼女にとっては友達と遊びに行くためにお洒落をしただけかもしれないが、それでも俺は嬉しく思う。

『もう、だめでしょ！　なんで一人で行っちゃうの！』

俺の腕の中にいるエマちゃんに対して、シャーロットさんがプンプンと怒っている。

挨拶するのを忘れるほどに怒っているようだ。

逆にエマちゃんは、頬を膨らませてプイッとそっぽを向いてしまった。

『ロッティーがおそいのがわるいもん！』

『待たせたのは悪かったと思うけど、一人で行くのはだめだよ！　後、約束の時間まではまだ一時間もあるんだからね！』

そう、約束の時間は八時なのだけど、エマちゃんが来たのは七時だった。

つまり、シャーロットさんの言う通り一時間早いのだ。

まぁ一緒にいられる時間は長いほうがいいので、俺は気にしないのだけど。

『おにいちゃんだからいいもん！　エマははやくおにいちゃんとあそびたいもん！』

『よくないよ、青柳《あおやぎ》君に迷惑でしょ！　それにお着替えもしないで……！』

俺のことなんてそっちのけで言い合いを始めるベネット姉妹。

久しぶりに言い合う姿を見た気がする。

喧嘩《けんか》するほど仲がいいという言葉もあるし、この姉妹なら酷《ひど》い喧嘩に発展することもないので特に気にしないけど。

なんだかんだいって最終的には仲直りしているだろうから、ここは好きにさせておこう。

『とりあえず、一回帰るよ……！　お着替えしないと……！』

シャーロットさんはエマちゃんに両手を伸ばし、俺から受け取ろうとする。

しかし、エマちゃんが俺の服を摑《つか》んで抵抗していた。

『ごはんは……!?』

『机の上にパンを用意してたのに、食べずに出ていっちゃったんじゃない……』

今日は遊びに行くということで、料理はしてもらわずにお手軽に食べて出ようという話になっていた。

だからシャーロットさんもパンで済ませようとしてたんだろう。

普段なら俺の家で朝ご飯を作ってくれていたから、エマちゃんは俺の部屋で食べると思い込んでいたようだ。

『朝からごめんなさい、青柳君。いったん戻って約束の時間に来ますので……』

エマちゃんをなんとか自分に抱き寄せたシャーロットさんは、申し訳なさそうに頭を下げてくる。

本当にこの辺はまじめな子だ。

『あっ、着替え終わったらもう来てもらっても別に大丈夫だから』

『そうですか？　では、お言葉に甘えさせて頂きますね』

シャーロットさんは嬉しそうに微笑《ほほえ》むと、頭を下げて部屋から出ていった。

エマちゃんは最後まで抵抗していたけど、戻ってくる時には多分機嫌が直っているだろう。

「さて、俺も着替えないとな……」

シャーロットさんのお洒落した姿を見ると、どれだけ着飾っても俺じゃあ不釣り合いに思えてしまう。

だけど、着飾らないともっと不釣り合いに見えてしまうので、俺はなるべく見劣らないように服を厳選して着るのだった。

『どぉ？』

一度自分の部屋に帰った後再度俺の部屋を訪れたエマちゃんは、両腕を広げた状態で首を傾《かし》げながら聞いてきた。

今回エマちゃんが両腕を広げている意味は、抱っこをしてということではない。

俺が見やすいように両腕を広げて、今着ている服を見せびらかしているのだ。

『うん、とてもかわいいよ』

俺は見たままの感想を率直《そっちょく》に伝える。

エマちゃんが着ている服は、ピンク色を基調としたワンピースに白色のヒラヒラが付いているものだった。

そして、服に合わせて靴《くつ》もピンク色にしている。

幼いエマちゃんにとてもピッタリな組み合わせだ。

今のエマちゃんはまるでおとぎ話に出てくる妖精みたいにかわいい。

この子の格好を見てかわいくないと言う奴がいるのなら、そいつには即眼科に行くことをお勧めする。

それにエマちゃんは猫が大好きだから、よく猫耳が着いた服をチョイスしている。

そのため、今回は頭に自分の髪色と同じ銀色の猫耳カチューシャを着けていた。

エマちゃん自身が幼くてとてもかわいい子だからよく似合っており、こんな姿を見たら多くの人間が心を摑まれるだろう。

シャーロットさんも獣耳が大好きなので、心なしかエマちゃんを見て上機嫌になっている。

『どうする？　これから行くところは結構距離があるから、もう出ちゃう？』

シャーロットさんと一緒に遊んでいるところを知り合いに見られたらアウトなため、俺たちは今回遠くの動物園に行く予定だ。

現在の時刻は七時半だけど開園時間は九時半のため、移動でかかる時間を考えると早めに出ても大丈夫だろう。

『そうですね、折角《せっかく》ですから早めに出ましょうか』

シャーロットさんも俺と同じ意見なのか、笑顔で頷いてくれた。

だから俺は財布などをポケットにしまう。

『――んっ、おにいちゃん、だっこ』

靴を履こうとすると、足元にいたエマちゃんが服の袖《そで》を引っ張ってきた。

本当にこの子はすぐに抱っこを求めてくる。

抱っこしてあげると凄《すご》く喜んでかわいいからいいんだけど、あまり抱っこしていると足腰が弱くなるかもしれない。

今回は少し歩かせたほうがいいだろうか？

そう思ってシャーロットさんを見ると、キョトンとした表情で首を傾げた。

いつもならすぐに抱っこするのに、今はしようとしないから不思議に思ってるんだろう。

俺は少し考えた後、エマちゃんに笑顔を向ける。

『エマちゃん、今日は少し歩いてみようか？』

『――っ！』

エマちゃんの要求をやんわり断ると、何を勘違いしたのか、エマちゃんは信じられないものを見るような表情を浮かべた。

というか、軽く絶望している。

そしてみるみるうちに目には涙が溜まってきた。

『い、いや、抱っこが嫌で言ってるんじゃないよ!?』

完全に勘違いされているとわかった俺は、慌てて取り繕《つくろ》う。

すると、エマちゃんはおそるおそる俺の顔を見てきた。

『ほんとう……？』

『う、うん、本当だよ……！』

『じゃあ、だっこ……』

エマちゃんはそう言い、涙目で両手を広げる。

縋《すが》るような目に負けた俺は、仕方なく抱き上げようとするのだけど――。

『エマ、だめだよ？　少しは我慢しなさい』

そのタイミングで、珍しくシャーロットさんが間に入ってきた。

ここ最近は好きにさせていたのに、俺が一度断ってしまったせいで止めに入ったようだ。

姉に邪魔をされたエマちゃんは、不満そうな表情でシャーロットさんを見上げる。

その表情は、《なんでじゃまするの？》とでも言いたげだ。

『どうしても抱っこしてほしいなら、私がしてあげる。だから青柳君に抱っこをお願いするのはやめてね』

『やっ……！』

今度はシャーロットさんがエマちゃんを抱っこしようとすると、エマちゃんはシャーロットさんの手から逃げてしまった。

そして、シャーロットさんの横を通り抜けて俺の足にくっついてくる。

『もう……！　そんな態度とるんだったら、二度と抱っこをしてあげないからね！』

さすがに避けられたのはショックだったのだろう。

シャーロットさんはまたプンプンと怒ってしまった。

すると、エマちゃんはクイクイと俺の服を引っ張ってくる。

『おにいちゃん……。ロッティーがいじわるする……』

シャーロットさんが怒っているからか、エマちゃんはウルウルとした瞳で俺に訴えかけてきた。

涙目の幼女が上目遣いに見つめてくると、なんだか小動物が泣きついてきているように見えてしまう。

正直に言うと、保護欲が刺激されていた。

『ごめん、シャーロットさん。足腰のことを考えて、エマちゃんを少し歩かせたほうがいいかなって思っただけで、嫌ではないんだ』

『あっ、なるほど……ですが、それでは尚更歩かせたほうが良さそうですね』

俺が何をしたかったのか理解すると、シャーロットさんは怒りを鎮めてエマちゃんの顔を見つめた。

『ねぇ、エマ？　青柳君に抱っこしてもらいたいのはわかるけど、たまには自分で歩かないと将来困るよ？』

どうやらシャーロットさんは怒るのをやめて、説得することにしたようだ。

怒った声でなく優しい声で言われたため、エマちゃんは少し考え始める。

そして、俯《うつむ》いては俺の顔を見上げ、俯いては俺の顔を見上げ――を繰り返し、残念そうに俺の胸をポンポンッと叩いてきた。

『やめておく？』

『んっ……』

一応確認を取ると、エマちゃんは渋々頷《うなず》いた。

結構我《わ》が儘《まま》な部分もあるけど、エマちゃんはシャーロットさんとの一件以来こういうふうに言うことを聞くことも多くなっている。

幼いながらにとても賢いので、いろいろと学習して考えるようになっているんだろう。

きっと大きくなれば、この子は立派に育つ。

『今日は駅まで歩いていこうか？　その後は抱っこするよ？』

別に突き放したいわけではないので、優しい声を意識しながらエマちゃんに笑いかける。

すると、エマちゃんの表情がパァッと輝く。

『やくそく……！』

やはり、抱っこが大好きなようだ。

『うん、約束だよ』

俺が頷くと、エマちゃんは嬉しそうに手を差し出してくる。

抱っこしないなら、手を繋《つな》いでということだろう。

俺は初めて会った時を思い出しながら、優しくエマちゃんの手を取った。

すると、エマちゃんはシャーロットさんにも空《あ》いてる手を伸ばす。

それにより、シャーロットさんは笑顔でエマちゃんの手を取った。

傍《はた》から見れば、仲がいい幸せな家族だ。

『……将来私たちに子供が生まれると、こんな感じでしょうね……』

『ん？　何か言った？』

『い、いえ、なんでもないですよ……！』

シャーロットさんが何か言ったように聞こえたので尋ねたのだけど、彼女は顔を真っ赤にしながら両手で頬《ほお》を押さえて顔を背けてしまった。

よほど恥ずかしいことを呟《つぶや》いていたのか、耳まで真っ赤になっている。

どうやら、いつもの独《ひと》り言《ごと》のようだ。

『むぅ……』

手を放されたエマちゃんは、不満そうにシャーロットさんを見上げる。

そして、今度は俺の顔を見上げてきて、ゆっくりと口を開いた。

『今ロッティーね、私たちに――』

『こ、こら、エマ……！　そういうことは言ったらだめ……！』

シャーロットさんの独り言をエマちゃんが俺に教えてくれようとすると、シャーロットさんは慌ててエマちゃんの口を両手で塞《ふさ》いだ。

なんか前にもあったな、こういうこと……。

『むぅ……！』

口を塞がれたエマちゃんは怒ってシャーロットさんを見るが、既にシャーロットさんの視線はエマちゃんから外れて俺のほうを見ている。

『あ、あの、本当になんでもありませんので……！』

彼女がこうやって必死になる時は絶対に何か言っている時なのだけど、つつくと可哀想《かわいそう》なので笑顔で誤魔化《ごまか》しておいた。

そしてエマちゃんの頭に手を伸ばし、優しく撫《な》でる。

それだけで、エマちゃんの機嫌は良くなった。

シャーロットさんから聞く限り気難しい子みたいだけど、頭を撫でたりすればだいたい機嫌が良くなるので、俺は単純な子だと思っている。

『とりあえず、そろそろ行こうか』

電車は三十分に一本しかこないので、そろそろ行かないと乗り遅れて三十分後になってしまう。

だから、もう行かないといけないのだ。

それからはエマちゃんはシャーロットさんと手を繋ぎ直し、三人仲良く駅を目指したのだった。

――ただ、なんだかシャーロットさんは、チラチラと俺の腕を見てきていたけど……。

◆

『おにいちゃん、おにいちゃん！　でんしゃだよぉ！　はやいよぉ！』

動物園に行くために電車に乗ると、エマちゃんは俺の膝の上で大はしゃぎしていた。

俺たちの街に来た時にも電車には乗っているはずだが、やはり滅多《めった》に乗る機会がないためこういった乗りものは珍しいのだろう。

幸い今日は日曜日の朝だ。

その上俺たちが住んでるところは田舎《いなか》なため、今この車両に乗っているのは俺たち三人だけで他には人っ子一人いない。

だからエマちゃんがどれだけ騒いでも、他の乗客の迷惑になることはないのだ。

『もうエマ……！　お願いだからおとなしく座ってて……！』

――だがしかし、姉としては見過ごせないのだろう。

運よく今は乗客がいないだけで、普通なら電車には他の乗客がいる。

そういった時に騒がれると困るから、シャーロットさんは今のうちに騒がないように注意しているのだ。

『むぅ……』

当然注意をされたエマちゃんは、頬を膨《ふく》らませて不満そうにシャーロットさんを見つめる。

幼いこの子に周りのことを気にしろというのは難しいだろう。

とはいえ、駄目なことを駄目だと教えるのも大切だ。

それが将来、エマちゃんのためになる。

本当なら、エマちゃんがはしゃいでいる姿をもっと見ていたいが――。

『エマちゃん、これ食べよっか？』

俺はショルダーバッグからエマちゃん用に用意していたチョコレートを取り出し、エマちゃんに見せつけた。

『わぁ……！　うん、エマね、ちょこたべる！』

先程までの不機嫌はどこへやら、目論見《もくろみ》通りエマちゃんはチョコレートに食いついた。

狡《ずる》い手ではあるが静かにさせるという目的を叶えたいのなら、注意するよりも他に意識を逸《そ》らしたほうが早い。

だけど、まだあげるわけにはいかない。

『ねぇ、エマちゃん。チョコレートをあげるから、俺と約束をしようか？』

『やくそく？』

俺の言葉に対してかわいらしく小首を傾《かし》げるエマちゃん。

そのキョトンとしている表情だけで、思わずチョコレートを渡してしまいそうだ。

『そう、約束だよ。チョコレートをあげる代わりに、こういう電車内や人が多い場所では騒がないようにしてくれる？』

これが、俺がチョコレートを取りだした本当の目的だった。

エマちゃんは頭がいいので、約束をした場合守ってくれる可能性は高い。

だからただ気を逸らすだけでなく、約束を取りつけたかった。

『うん！　エマね、しずかにする！』

エマちゃんは満面の笑みで頷いた後、俺に両手を伸ばしてきた。

本当に、四歳児相手によくこんな会話が成り立つものだ。

『ありがとう。はい、チョコレートだよ』

『んっ……！　ありがと……！』

チョコレートを渡すと、エマちゃんは笑顔でお礼を言ってきた。

しかし、チョコレート自体は俺の手に戻してくる。

多分《開けて》ということなのだろう。

封を開けて渡すと、すぐさまエマちゃんはチョコレートを食べ始めた。

まるでリスみたいに頬を膨らませてモグモグと食べているところはかわいいのだけど、一気に食べ過ぎな気がして心配になる。

喉《のど》、詰まらせなければいいんだけど……。

んっ？

『青柳君、相変わらずとてもエマの扱い方が上手《うま》いです……。やっぱりさすがですね……』

シャーロットさん、どうかしたのだろうか？

なんだか熱い視線を感じて隣を見てみれば、シャーロットさんが俺の顔を上目遣いに見つめていた。

しかし、目が合うなり顔を背けられてしまったので、なんだったのかがわからない。

何か言いたいことがあったのかな……？

――電車が乗り換えの駅に着くまでの間、俺は膝の上に座るエマちゃんの相手をしながら、チラチラとこちらを見てくるシャーロットさんのことが気になってしまうのだった。

◆

――甘かった。

俺はなんて愚かだったのだろうか。

電車を乗り換えるために岡山駅《おかやまえき》へと降りた俺は、現在自分の考えの甘さに後悔《こうかい》をしていた。

というのも――。

「なぁ見ろよ、あの子」

「やっべぇ、レベル高すぎだろ……。あんな美少女初めて見た……」

「えっ、何あの銀髪美少女!?　モデルの人かな!?」

「わぁ……ほんとに美人……。でも、海外の人っぽいから旅行か何かじゃない？」

「お、おい、ちょっと声を掛けてみろよ」

「いやいや無理だって！　絶対相手にされないだろ！」

――こんなふうに、隣を歩くシャーロットさんが注目を集めていたからだ。

まだ時間が早いため人通りが少ないにもかかわらず、多くの人が足を止めてシャーロットさんのことを見ている。

そのくせ誰一人として隣を歩く俺のことに意識を向けていない。

不釣り合いなため連れだと思われていないのか、俺の存在に気付かないほどシャーロットさんに見惚《みと》れているかのどちらかだろう。

遠出をすれば知り合いに鉢合《はちあ》わせをする可能性が低いからいいと思ったのだけど、そんな考えでいた自分に猛烈に文句を言いたい。

俺の甘い考えのせいで、注目を浴びているシャーロットさんは凄《すご》く居心地が悪そうにしている。

それどころか、視線に怯《おび》えている様子すらあった。

これほど注目を集めれば当然の反応だ。

どうにか視線を遮《さえぎ》ってあげたいが、四方八方から見られているためそれも不可能。

もう少し降りる駅や行く動物園を考えればよかった。

人口密度が低い駅や動物園なら他にあったかもしれないのに、自分の考えが甘かったせいでシャーロットさんに辛《つら》い思いをさせてしまっている。

一つ運がよかったのは、俺の腕の中にいるエマちゃんが寝ていることだ。

チョコレートを食べたエマちゃんは朝早起きをしてしまったせいか、電車の心地いい揺れによって眠ってしまった。

今は俺の胸に顔を押し付ける形で寝ている。

本当ならこの子のかわいさも注目を集めるレベルだが、顔が見えなければその心配はない。

それに、銀色の髪もできるだけ目立たないよう俺の腕で隠している。

そのせいで少し抱っこの体勢が悪くて腕が辛いのだが、この子を辛い目に遭《あ》わせるよりは全然いい。

起きていれば、幼いこの子にトラウマを植え付けかねなかった。

だから寝ていてくれて本当によかったと思う。

問題は、隣のシャーロットさんをどう助けるかだが――残念ながら、すぐにはいい案が浮かばない。

仕方ない、か……。

「シャーロットさん、帰ろう」

非常に残念ではあるが、俺はシャーロットさんに引き返す旨《むね》を伝える。

これ以上彼女に辛い思いをさせるくらいなら、引き返したほうがいい。

エマちゃんには泣かれてしまうが、どうにか宥《なだ》めるしかないだろう。

しかし――。

「…………嫌、です……」

俺の提案は、意外にもシャーロットさんに断られてしまった。

正直、彼女のほうが帰りたいんじゃないかと思っていたのだが……。

「私、今日がとても楽しみだったんです……。こんなことで中止になるだなんて、絶対に嫌ですよ……」

そう言って俺のほうを見てきたシャーロットさんは、目に涙を浮かべていた。

やはり辛いんじゃないだろうか……。

「でも――」

「大丈夫です、問題ありません。ただ――少しだけ、甘えさせてください……」

シャーロットさんは俺の言葉を遮《さえぎ》ると、ピトッと俺の腕にくっついてきた。

そして、隠すように俺の腕へと自分の顔を埋める。

「「「「――っ!?」」」」

シャーロットさんの思いがけぬ行動に、俺と周りの傍観者《ぼうかんしゃ》たちは驚きを隠せなかった。

唐突《とうとつ》に込み上げてきた緊張と動揺《どうよう》に俺は声が出てこず、口をパクパクと動かすことしかできない。

逆に周りは、まるで火事や事故でも起きたかのような騒ぎようだ。

二人の男女が腕を組んで歩いている――そんな状況、誰がどう見てもデートしているように見えるだろう。

少なくとも、この場にいるほとんどの人間はそう思っているようだ。

先程までシャーロットさんへと向けられていた視線はどこへやら。

シャーロットさんに抱き着かれたことによって、今は俺に注目が集まっている。

そしてその視線が、シャーロットさんに向けられていた好意的なものではなく、大半が嫉妬《しっと》のようなものだった。

残りは、女性から向けられる好奇の視線って感じだ。

乗り換えの電車が来るのを待っている俺は、冷静さを装《よそお》って周囲を観察しているが、凄く居心地が悪い。

そして何より、抱き着いてくるだけじゃなく、顔を押し付けてきているシャーロットさんの破壊力がやばい。

あまりのかわいさに今にも頭が沸騰《ふっとう》しそうだった。

なんせシャーロットさんは俺の腕に顔を埋めているだけでなく、ちょいちょい上目遣いに俺の顔色を窺《うかが》ってくるのだ。

見上げてくる表情は頬《ほお》が赤く染まっており、目にはなぜかとろみがあった。

そんな表情で見つめられれば、誰だって興奮するだろう。

『んっ……』

シャーロットさんのかわいさに心の中で悶《もだ》えていると、腕の中にいるエマちゃんが薄っすらと目を開けた。

眠たそうに目をゆっくりと開閉し、ボーッと俺の顔を見つめてくる。

『起きた？』

俺は優しくエマちゃんの頭を撫《な》で、声を掛けてみた。

するとエマちゃんは、再度俺の胸へと顔を押し付けてくる。

『ねんね……』

『あぁ、まだ眠たいんだね』

『んっ……』

エマちゃんはコクンッと頷《うなず》くと、かわいらしい寝息を立ててまた寝てしまった。

寝起きは眠たいのが当然だし、仕方ないか。

このまま寝かせておいてあげよう。

『青柳君、もうしっかりエマのお父さんですね』

俺とエマちゃんのやりとりを見ていたシャーロットさんは、熱っぽい表情で嬉しそうにそう言ってきた。

彼女の言葉に俺は照れくさくなってしまう。

『それは嬉しいよ。将来、エマちゃんみたいなかわいい娘がほしいな』

『――っ！　あ、青柳君と私の子供……！』

『ん？　どうしたの？』

『い、いえ、なんでもないですよ？　ち、ちなみになのですが、青柳君は子供何人ほしいとかってあるのでしょうか？』

声をかけると、なぜか質問されてしまった。

子供の人数か……。

『特にないけど、子供は好きだから多いほうがいいかな』

エマちゃんを育てていて思うけど、子供は凄くかわいい。

それに人数が多いほうが楽しいだろうから、そう思ったのだけど――。

『――っ⁉　が、頑張ります……！』

正直に思ったことを答えただけなのに、なぜかシャーロットさんはボンッと音が聞こえそうな勢いで顔を真っ赤にして頷いた。

そしてなぜかモジモジとしながら内もも同士を擦り始め、俺から目を逸《そ》らしている。

うん、何を想像しているんだ……？

『だ、大丈夫……？』

あまりにも様子が変なため俺は顔を覗《のぞ》き込む。

すると、シャーロットさんはバッと顔を背けてしまった。

『だ、大丈夫です……。私、頑張りますので……』

熱っぽい息を吐きながらそう答えるシャーロットさん。

いったい何を頑張るんだろう……？

そう疑問に思うけれど、シャーロットさんは時々自分の世界に入るので、深く考えないほうがいいのかもしれない。

ただ、顔が真っ赤なので熱がないか心配ではある。

『シャーロットさん、ちょっとごめんね？』

『えっ？　ひゃっ⁉』

おでこに手を添えると、シャーロットさんはビクッと体を跳ねさせた。

そしてまるで時間が止まったかのように硬直してしまう。

『凄《すご》く熱い……。熱が出ちゃったみたいだね……』

他人の額なんて触ることがないから実際の温度はわからないが、現在シャーロットさんのおでこは火傷《やけど》しそうなほどに熱い。

だから間違いなく熱があるだろう。

しかし――。

『ち、違います……！　これは熱ではありません……！』

シャーロットさんは俺の腕から離れて、両手をブンブンと振りながら否定した。

『エマちゃんのために無理してるなら、やめたほうがいいよ？　体調不良ならエマちゃんもわかってくれるだろうし』

『ち、違うんです……！　これは風邪《かぜ》による熱ではありませんので……！』

『そ、そうなの……？』

『は、はい……。青柳君に触れられると、熱くなってしまうんです……』

シャーロットさんは恥ずかしそうに俺から目を逸らす。

どうやら、前に俺がシャーロットさんにおでこを当てられて熱だと勘違いされたように、俺も勘違いしていたようだ。

ということは、やっぱり彼女は俺を意識してくれているんだろう。

恥ずかしがりのところはあるから、単に男に触れられて恥ずかしいだけかもしれないけど、今までのことを踏まえると多分勘違いじゃない。

やっぱり前にした、俺がエマちゃんの父親役になるという約束は、シャーロットさんにとって告白だったのだろうか……？

シャーロットさんはエマちゃんの母親役しかできないということで、俺に父親役を頼んできた。

つまり、俺とシャーロットさんは疑似《ぎじ》的な夫婦の関係にあるということだ。

普通なら、ただ単にエマちゃんの子育てを任されただけ、と考えるのかもしれないが、シャーロットさんは照れ屋だから、直接言葉にできずに遠回しに言ってきた可能性がある。

……まぁ、元々彼女が俺を意識してくれてると思ってなかったら、多分俺は子育てを任されただけ、と考えていただろうけど。

しかし、決定的な言葉がないから確信を持てない。

それに、もし彼女が本当に付き合っていると思っているのなら、俺の呼び方を変えているはずだろう。

だから、呼び方を変えていないことが俺は引っ掛かっている。

『そっか、ごめんね。じゃあ、このまま動物園に行こうか』

『はい……！』

笑顔を向けると、シャーロットさんはとても嬉しそうな笑顔を返してくれた。

本当にかわいい人だ。

だからこそ思う。

今の関係を壊したくない、と――。

◆

『ねこちゃん、ねこちゃん♪』

動物園に着くと、目を覚ましたエマちゃんが猫ちゃんコールを始めていた。

どうやら一番の目的は猫のようだ。

……いや、うん。

動物園って猫いるのかな……？

猫が好きなのはいいことだけど、動物園にはいない気がして俺は困ってしまう。

このままだと、エマちゃんが拗《す》ねてしまうのは目に見えているからだ。

「シャーロットさん、どうにかできないかな……？」

困った俺はエマちゃんにわからないよう日本語で、隣を歩くシャーロットさんに助けを求める。

ちなみに、未だにシャーロットさんの抱き着きは継続されていた。

周りからの視線が緩《ゆる》まらないのだからそれも当然かもしれないが……正直、冷静なふりをするのが辛《つら》い。

せめて知り合いに会わないことを祈ろう。

ここで知り合いに鉢合《はちあ》わせしたとなれば、本当に洒落《しゃれ》にならないからな。

「もっと早くわかっていれば、猫カフェに行ったんですけどね……」

確かに、猫が目的なら猫カフェのほうがよかった。

でも、猫だけじゃなくて沢山《たくさん》の動物を見たいという思いもあるかもしれない。

最悪、動物園の後に猫カフェに行くか。

「他に好きな動物とかいないの？」

「えっと……コアラ、ですかね……？」

「無理だね……」

生憎《あいにく》この動物園にはコアラがいない。

というか、コアラってそうそういないはずだ。

確か聞いた話だと、日本で七ヵ所の動物園にしかいないんだとか。

「パンダ……」

「無理だって……」

パンダなんてもっといないよ。

俺たちのところからパンダがいる一番近い動物園は、確か神戸《こうべ》だったんじゃないか？

そこにはコアラもいるはずなので、もっと早くわかっていれば神戸に行ったほうがよかったかもしれない。

……交通費は高くつくけど……。

「他には――」

「――ほぉ、お前たち、今日は家族デートか？」

「――っ!?」

背後から突如として聞こえてきた声に、俺は全身から血の気が引いた。

おそるおそる後ろを振り返ってみれば、ニヤニヤといやらしい笑みを浮かべる美優《みゆ》先生が立っていた。

そして何故かその隣には、音楽教師の笹川《ささがわ》先生もいる。

「やっほ～、三人とも」

笹川先生の能天気な声を聞きながら、俺は《なんでこの人たちが動物園にいるんだよ……》と頭を抱える。

よりによって、一番会いたくなかった人たちだ。

「今日はクラスでの祝勝会があるんじゃなかったか？」

美優先生はニヤニヤとした笑みを浮かべたまま、わざとらしく聞いてくる。

彼女の言う通り、今日はお昼頃からクラスで集まって体育祭の祝勝会をしようということになっていた。

だけど、俺とシャーロットさんはそれを断ったのだ。

理由はもちろん、エマちゃんを動物園に連れていく約束をしていたからだ。

正直シャーロットさんには祝勝会に出てもらったほうがいいと思い、エマちゃんは俺が面倒を見るから彼女には祝勝会に出るように勧めた。

だけど、シャーロットさんは動物園に行くほうがいいと言い、彼女も祝勝会を断ってしまったのだ。

やはり、妹を他人に任せるのは心配なのだろう。

それによってクラスメイトたちは落ち込んでいたけど、彼女が体育祭で妹の面倒を見ていたことでいろいろと察してくれたようだ。

だから、無理に誘おうとする人間はいなかった。

「申し訳なかったですが、断らせてもらったんです」

この人相手に嘘や誤魔化《ごまか》しは通じないため、俺は正直に打ち明ける。

それにより、美優先生は更に嬉しそうに笑みを浮かべた。

「まぁ祝勝会といっても自由参加だろうから、いいんじゃないか？」

「ですね。あと、俺がいないほうがいいでしょうし」

「また、お前はそんなことを言う……。リレーの後、みんなのお前に対する接し方は変わっただろ？」

「………」

美優先生の言う通り、確かに周りの接し方は今までと変わった。

祝勝会の参加を断った時も、主に女子がしつこく誘ってきたくらいだ。

今までなら俺が断ったらむしろ嬉しそうにしていたのに、リレー以降俺の見方が変わったのがわかる。

「人は複雑な生き物だが、その反面単純なところもある。活躍したり結果を出すような奴には皆、注目して仲良くしたがるものだ」

「たかが体育祭の一種目で一位を取っただけでしょうに……」

美優先生の言うことはわからなくもないが、そういうのは部活などでの話だ。

リレーで活躍したくらいで、見方が変わることなんてほとんどない。

「まぁ普通ならそうだろうけど、お前の場合大逆転だったからな。一位からビリに落ちた後、一番盛り上がるアンカーで三人抜きを達成したんだ。皆が注目するのも必然だろう」

「それで手の平返しをされても困るんですけどね。そんな人間、信用できませんよ」

一瞬嫌なことを思い出した俺は、思わず毒を吐いてしまった。

それにより、シャーロットさんが不安そうに俺の顔を見上げてくる。

「青柳君……」

「……ごめん、なんでもないよ」

俺は咄嗟《とっさ》に笑顔を作り、誤魔化した。

今更何をイラついているんだろう……。

もうとっくに、割り切ったはずなのに……。

俺のせいで変な雰囲気《ふんいき》になってしまい、シャーロットさんは未だに心配そうに見つめてきている。

腕の中にいるエマちゃんも不安げな表情を浮かべており、美優先生は真顔で俺の顔を見据えていた。

そんな中、一人能天気な人が口を開く。

「いいよいいよ、青柳君。そういう闇を持った子、私大好き」

わざとなのか、本気なのか。

笹川先生は笑顔で俺の肩を叩いてきた。

「おい、真凛《まりん》」

笹川先生の態度に美優先生が苛立《いらだ》ちを見せるが、そんな彼女に笹川先生は笑顔を返した。

「だって、そうじゃない？　ただ幸せに生きてきた優等生よりも、暗い過去を持って心に闇がある子が頑張って優等生になってるほうが、惹《ひ》かれるでしょ？」

「他人の不幸を喜ぶなよ……」

「別に喜んではないよ。ただ、私は何かを乗り越えようとしている子が好きなだけ。まるで、昔の美優ちゃんを見てるみたいだからね」

昔の美優先生……？

俺は笹川先生の言葉が引っ掛かり、美優先生に視線を戻す。

すると、美優先生の表情が変わっており、睨《にら》むようにして笹川先生を見据えていた。

久しぶりに見る、マジ切れしている表情だ。

「いい加減にしないと、いくら幼馴染《おさななじ》みでも許さないぞ？」

「ごめんごめん、そう怒らないでよ。もう終わったことでしょ？」

「終わったからといって、触れられたくないものはあるだろ？」

「わかったってば。そんなに睨まないでよ」

美優先生の逆鱗《げきりん》に触れた笹川先生は、笑顔で美優先生に謝っている。

幼馴染みなのだから怒る話題かどうかわかるだろうに、この人は本気で天然なようだ。

しかし――。

「………………」

なぜか、一瞬だけ笹川先生が俺の顔をチラ見してきた。

その表情には何か意味が込められているように見えたが――何を言いたいのかは、わからない。

このタイミングでの目配せだと、美優先生を止めてほしいのかもしれないが……さすがに、ここまでマジ切れしている美優先生は俺の手に負えない。

だから黙って見ていると、美優先生が呆《あき》れたように溜息を吐いた。

「はぁ……二人とも、みっともないところを見せたな」

どうやら美優先生は、自分一人で冷静に戻ったようだ。

俺とシャーロットさんはアイコンタクトを取り、笑顔で口を開く。

「いえ、特に気にしていないので」

「そうですね、大丈夫です」

俺たちに実害があったわけではないので、そう笑顔で誤魔化しておく。

触らぬ神に祟《たた》りなし。

下手《へた》に話を続けさせるよりも、さっさと切り上げたほうがいいのだ。

そうしていると、笹川先生はなぜか俺に近付いてきた。

今度はいったいなんだろう？

そう思っていると、彼女はとても嬉しそうに両手を俺に差し出してくる。

「ねぇねぇそれよりも青柳君、その子を私に抱っこさせてよ」

笹川先生はよほどマイペースなのか、美優先生を怒らせたことはなかったかのように、エマちゃんを抱っこさせろと言ってきた。

どうやらエマちゃんを抱っこしたくて仕方がないみたいだ。

エマちゃんのかわいさからそれはわかるのだが、この人に渡すのはな……。

笹川先生とロリという組み合わせは、一見すると母性溢《あふ》れた女性とその子供のように見えるだろう。

特に笹川先生は見た目は優しい大人の女性だし、どことは言わないが女性らしいある一部分がかなり大きい。

しかし彼女は、学校で有名な女好き教師なのだ。

そしてそれは、幼い子にも及ぶという噂《うわさ》がある。

なんせこの人――ロリの話になると、目付きが変わってしまうのだから。

今だってなんだかエマちゃんを見る目が怪しいし。

「ね、いいでしょ？」

俺が渡さないからか笹川先生が距離を詰めてきて、人差し指を唇に当てながら上目遣いに俺の顔を見てくる。

心なしか、抱き着いてきているシャーロットさんが腕にギュッと力を入れたような感じがした。

しかしそのことに反応する前に、腕の中にいるエマちゃんが急に暴れて出してしまい、俺はそれどころではなくなってしまう。

『むぅ……！　むぅ……！』

「わっ！　いたい、いたいよ！」

バシバシと笹川先生の手を叩くエマちゃん。

叩かれた笹川先生は慌てて手を引っ込めて、涙目になってしまった。

「も、申し訳ございません、笹川先生！　実はこの子、家族以外の人に触られるのを嫌がるんです……！」

妹の無礼にシャーロットさんは顔を真っ青にして謝ったが――その説明には、既に矛盾《むじゅん》が生じていることに俺は気が付いてしまう。

そしてその矛盾に気が付いたのは、俺だけじゃないようだ。

「でも、青柳君も家族じゃないと思うけど……」

俺と同じ矛盾に気が付いた笹川先生は、そうツッコみをシャーロットさんに入れる。

現在家族でもない俺が抱っこをしているということで、《家族以外》という言葉とは矛盾をしていたのだ。

「それが、エマにとっては青柳君は特別みたいなんです」

「そうなんだ……」

シャーロットさんの説明を受けて、笹川先生は残念そうに肩を落とす。

よほど抱っこしたかったのだろう。

なんだか可哀想《かわいそう》に思えてきた。

「同情しなくていいぞ？　数分後にはケロッとしてるからな、こいつは」

笹川先生のことを気の毒に思っていると、黙って話を聞いていた美優先生が呆れたような表情を浮かべた。

笹川先生をよく知る彼女が言うのなら、その通りなのだろう。

まぁ、ただ雑に扱っている可能性はなくもないが。

「では、見なかったことにしておきます。ところで美優先生、どうしてこの動物園にいたんですか？」

俺たちはわざわざ岡山駅の近くにある動物園はやめて、遠くの動物園に足を運んでいる。

それなのに、美優先生がいたことは想定外なのだ。

「あぁ……そこの涙目で落ち込んでいる奴が動物を見に行きたいってうるさかったから、動物園に来たんだよ。だけど、知り合いには会いたくなかったから遠くに足を運んだんだが……ほんと、折角《せっかく》の休みの日に何をしてるんだか……」

美優先生はめんどくさそうに息を吐きながら説明をしてくれた。

なんだかんだ文句を言いながらも、休日でも一緒にいるのだからやっぱりこの二人は仲がいいんだろう。

もしくは、笹川先生が美優先生に付きまとって離れないか、だが。

「なるほど、それで動物園にいらっしゃったんですね。美優先生が動物園なんて凄《すご》く珍しいですから、意外だったんですよ」

謎が一つ解けた俺は、気を抜いてそう失言してしまう。

それにより、美優先生がニコッと笑みを浮かべて俺の顔を覗《のぞ》き込んできた。

「まるで似合わないというような物言いだな？」

「い、いえ、そういうわけではないですよ？」

しまった……と思った俺は、すぐに笑顔で取り繕《つくろ》う。

美優先生は女性扱いされない発言などを根に持つタイプなので、話を逸《そ》らさないと後が怖い。

「そ、それよりも、笹川先生が動物園に行きたがってたから遠くにまで連れてきてあげるなんて、とても優しいですね」

「そうじゃない。連れてこなかったらずっとグチグチ言うから、めんどくさいんだよ」

俺が褒《ほ》めると、美優先生は嫌そうな表情を浮かべた。

まるで、不本意だ、とでも言いたそうな表情だ。

しかし――。

「美優ちゃんはね、ツンデレさんなんだよ。ツンツン文句言うくせに、最後には絶対に付き合ってくれて優しいの」

ここで笹川先生が余計なことを言ってくれた。

美優先生が言った通り、本当にものの数分で笹川先生はケロッとして話に加わってきているが、この発言は美優先生を怒らせるだろう。

「おい、誰がツンデレだ」

「美優ちゃん」

「………………」

笹川先生の即答によって、美優先生の額に血管が浮き出てくる。

俺はシャーロットさんたちを連れて、ソーッと巻き添えを食らわない位置まで下がった。

「あっ、そうそう。ねぇ青柳君。どうしてベネットさんが美優ちゃんのクラスになったか、知ってる?」

「えっ、いや……」

笹川先生は美優先生の様子に気が付いていないのか、何事もなかったかのように俺に話し掛けてくる。

俺としては、今話し掛けてくるのはやめてほしいのだが……。

「君がいるからなんだよ？　英語が達者な子がいたほうがベネットさんも安心するだろうってことと、何かあったら君が助けてくれるかもしれないからってことでね。美優ちゃんが校長先生や他の先生相手にそう力説したの。それだけ、美優ちゃんは君のことを買ってるんだよ」

そう素敵な笑顔で教えてくれる笹川先生。

当然のことながら、誰がどのクラスに所属するかをどのように決めたかなんて、生徒には知らされない。

笹川先生もその内情を話したかったんじゃなく、俺のことを美優先生がどれだけ買ってるかということを教えたくて、この話をしたんだろう。

普段の俺と美優先生のやりとりを見ていて、裏ではこんなふうにデレてるくらいにツンデレだよ、ということを伝えたかったのかもしれない。

――しかし、この人は本当に美優先生と幼馴染《おさななじ》みなのだろうか？

先程から容赦《ようしゃ》なく地雷を踏んでいるんだが……。

「あれ？　青柳君？　ねぇ、どこに行くの？」

この状況はまずい。

そう判断した俺は踵《きびす》を返したのだけど、そんな俺を見て笹川先生が不思議そうにしている。

シャーロットさんは心配そうな表情をしつつも、俺に抱き着いたままなのでそのままついてきてくれた。

多分、彼女もこの後に起こる悲劇を察しているのだろう。

エマちゃんはまだ怒っているのか、不満そうに頬《ほお》を膨《ふく》らませながら俺の胸に顔を押し付けている。

「お～い！　無視されると先生泣いちゃうぞ——って、美優ちゃん？　なんで手をこっちに伸ばして——あぁあああああああああああ！」

俺たちが背を向けてすぐ、笹川先生の悲鳴に近い叫び声が聞こえてきた。

なぜあの人は、この事態を予測しなかったのだろうか？

幼馴染みならわかるだろうに……。

「お前なぁ……私をツンデレ呼ばわりした挙句《あげく》に、何先生同士の会話を生徒たちにばらしてるんだ……？」

「や、やめて、美優ちゃん……！　あたまが！　あたまが割れちゃう！」

「うるさい！　こんな頭割れてしまえ！」

「いやぁあああああああああ！」

——俺たちは笹川先生の断末魔《だんまつま》の叫びを聞きながら、何事もなかったかのように場を立ち去るのだった。

◆

笹川先生の犠牲《ぎせい》（自業自得《じごうじとく》）によって美優先生たちを撒《ま》くことができた俺たちは、ゆっくりと動物を見て回っていた。

特に、先程まで不機嫌だったエマちゃんは今はとてもご機嫌だ。

なぜか分かるだろうか？

――そう、いたのだ。

この動物園には、猫がいた。

しかも触れ合うことまでできてしまう。

絶望的だと思っていただけに、この奇跡はありがたい。

おかげでエマちゃんはニコニコ笑顔で猫と遊んでいた。

『おにいちゃん、おにいちゃん。ねこちゃんかわいい……！』

小さなお手々で仔猫の頭を撫《な》でているエマちゃんが、とてもかわいらしい笑みを浮かべて話し掛けてきた。

仔猫もエマちゃんに撫でられて気持ちいいのか、自分から頭をこすりつけている。

『そうだね』

俺は短く返事をし、エマちゃんの行動を見守ることにした。

仔猫もかわいいのだが、正直仔猫にデレデレになっているエマちゃんのほうがかわいい。

そういえばエマちゃんが猫耳を着けているのは、もしかしたら猫と遊ぶためなのだろうか？

幼い子だから、猫耳を着ければ自分も猫の仲間になれると思ったのかもしれない。

子供って純粋だし、なくはないよな。

「――にゃ～？」

「にゃっ！」

「にゃにゃ？」

「にゃ～！　にゃ～！」

…………………………えっ？

急に猫語が聞こえてきたためそちらを見ると、俺は思わず固まってしまった。

そこには、足元にすり寄ってきた猫と猫語で会話をする、シャーロットさんがいたのだ。

俺の腕に抱き着いた状態で、小首を傾《かし》げながらにゃーにゃー言ってる。

猫もシャーロットさんの言葉に応えるように、大声で鳴いていた。

どうしよう。

凄《すご》くかわいいんだけど、この子は何をしてるんだ……？

エマちゃんがするならわかるけど、シャーロットさんがするのはさすがに戸惑ってしまう。

「シャーロットさん……？」

「猫ちゃんって本当にかわいいですよね。お家にお持ち帰りしたいです」

困惑している俺に気付く様子もなく、シャーロットさんは猫から視線を外さない。

どうやら彼女には、猫語で話しているところを見られても恥ずかしいというのはないみたいだ。

…………まぁ、かわいいからいいか。

シャーロットさんがとてもかわいいので、俺は深く考えるのをやめてシャーロットさんと同じように足元の猫を見つめることにした。

すると猫はあくびをするように大きく口を開け、その後ジィーッと俺の目を見つめてくる。

なんだろう？

何か言いたいことでもあるのだろうか？

「猫ちゃんは撫でてほしいのではないでしょうか？」

「いや、それだったら足に頭を擦りつけてくるはずだけど……」

どっちかというと、ガンを飛ばされているのではないだろうか。

俺はスッと猫から目を逸《そ》らした。

前に何かの本で得た知識だが、猫は敵意がない時は目を逸らし、逆に警戒したり争う時には目を見つめてくるらしい。

まぁこれも絶対ではないのだけど。

飼い主のように親しい仲であれば、ご飯がほしいなどの何かしらのアピールという場合もあるらしいし。

しかし、当然俺はこの猫の飼い主ではないので、きっと警戒心を持たれているのだ。

人に慣れているはずのここの猫が警戒してくるのは、少し腑《ふ》に落ちないが……。

もしかして、シャーロットさんに抱き着かれている俺が気に入らなかったとか？

まさかな……。

普通の猫がそんな思考を持つとは思えず、俺は考えを改めた。

「青柳君？」

「ん？」

「どうして今、猫ちゃんから視線を逸らしたのですか？」

俺の顔を見つめていたのか、シャーロットさんは俺が猫から視線を外したことが気になったようだ。

「猫が見つめてきたら、視線を逸らすのが礼儀《れいぎ》らしいからだよ。基本猫って同じ猫同士でも視線を合わせない生き物なんだ。目が合って無駄な争いにならないようにしているらしいよ」

「へぇ、青柳君って博識なのですね」

「いや、猫の知識一つで博識と言われても困るんだけど……」

感心したように見つめてくるシャーロットさんに対し、俺は苦笑いをしながら答えた。

シャーロットさんも《博識》という言葉の意味は理解していて言葉の綾で使っただけだろうけど、大袈裟に捉えられるのはあまりよろしくない。

……まぁ、本音を言えば褒《ほ》められて嬉しかったけど。

「青柳君も猫ちゃんはお好きなんですよね？」

「そうだね。動物の中では一番好きだと思うよ」

「私も猫ちゃんが一番好きです。私たち、好みが同じなんですね」

同じ動物が好きなことが嬉しいのか、シャーロットさんが頬を緩《ゆる》めた。

俺としても彼女と好みが合うのは嬉しい。

「ふにゃ～」

シャーロットさんの言葉に頷《うなず》いていると、俺の足に別の猫が擦り寄ってきた。

猫は頭を俺の足に擦りつけ、スリスリと甘えてきている。

なんとなく猫に手を伸ばして頭を撫でてやると、ゴロゴロと喉《のど》を鳴らして気持ち良さそうに目を細めた。

そして更に擦り寄ってくる。

この猫なら――。

試しに俺は、右手で猫のお尻と後ろ脚を包み込むようにして、左手を猫のお腹に回す。

嫌がってないことを確認すると、右腕に座らせるような感じで猫を抱き上げた。

「えっ……猫ちゃん、抱っこしても嫌がらないのですね？」

俺におとなしく抱っこされた猫を見て、シャーロットさんはとても意外そうな表情を浮かべる。

どうやらシャーロットさんの中では、猫は抱っこをすると嫌がるというイメージがあるようだ。

「あぁ、嫌がる猫も多いけど、こういうふうに甘えてくる猫には嫌がらないのもいるみたいだよ。抱っこの仕方にもコツがあるみたいで、そのとおりにしているから猫も嫌がってない感じかな」

「なるほど……」

シャーロットさんは羨《うらや》ましそうに俺の腕の中にいる猫をジィーッと見つめる。

もしかしたら、自分も抱っこしてみたいと思っているのかもしれない。

だけど、上手《うま》く抱ける自信がないから様子見をしている感じかな？

――クイクイ。

ん……？

シャーロットさんと猫に気をとられていると、服の袖《そで》が誰かに引っ張られた。

視線を向けてみれば、なぜか頰《ほお》をパンパンに膨《ふく》らませているエマちゃんが立っている。

『エマちゃん？　頰を膨らませてどうしたの？』

先程まで上機嫌で遊んでいたはずのエマちゃんが拗《す》ねた様子を見せたため、俺はエマちゃんに理由を尋ねてみる。

すると、エマちゃんは頰を膨らませたまま両腕を広げて俺を見つめてきた。

そして――。

『だっこ……！』

まるで猫ではなく自分を抱っこしろと言ってるかのように、抱っこを求めてきた。

とりあえず、俺は猫を下ろした後エマちゃんの体に両手を回し、優しく抱き上げる。

するとエマちゃんは頰を膨らませたまま、ペチペチと俺の胸を叩いてきた。

『ここは、エマの……！』

どうやら猫を抱っこしたことに怒っている――というよりも、拗ねているようだ。

それで抗議をしているのだろう。

なんて、かわいい子なのだ。

猫相手にヤキモチを焼くエマちゃんがかわいすぎて、俺は頰が緩みそうになった。

『……抱っこじゃなくて、抱きしめてもらうのはいいよね……？』

エマちゃんの頭を撫《な》でてあやしていると、シャーロットさんが難しい表情をして何かを呟《つぶや》いていた。

多分またいつもの独《ひと》り言《ごと》だとは思うけど、一応聞いてみる。

『どうしたの、シャーロットさん？』

『いえ、なんでもないです。それよりも、そろそろ他の動物のところに行きませんか？　エマももう猫ちゃんはいいみたいですし』

俺の問い掛けに対してシャーロットさんはニコッと笑った後、俺の腕の中にいるエマちゃんへと視線を移す。

そのエマちゃんはといえば、俺の胸に自分の顔を押し付けていた。

シャーロットさんの言う通り、もう猫に飽《あ》きてしまったのだろう。

それならここは出たほうがいいか。

足に擦り寄ってくる猫は名残《なごり》惜しいけど、そろそろ人が集まりすぎている。

……まぁ人を集めているのは猫ではなく、シャーロットさんやエマちゃんなのだが。

どこでどう噂《うわさ》になっているのかはわからないが、ここに来たお客が《あっ、あの子だ、あの子。うわ、本当にかわいい》とか、《わぁ、小さくてかわいい女の子ね》みたいなことを言っているのだ。

そして視線が明らかにシャーロットさんやエマちゃんに向いている。

他人の視線を嫌うエマちゃんとシャーロットさんには、きつい状況だろう。

俺はなるべくエマちゃんを腕で隠し、他の人からシャーロットさんに向けられる視線を遮《さえぎ》るような位置を意識して、次の動物の元に向かうのだった。

◆

猫との触れ合い広場を後にした俺たちは、シェットランドポニーなどの馬系の動物や、タイハクオウムなどの鳥系の生き物を見たりと、普段絶対に見ることができない珍しい動物を見て回った。

その中でエマちゃんが特に気に入ったのは、コモンマーモセットという手の平サイズくらいの小猿だ。

生憎《あいにく》触れ合うことはできなかったが、エマちゃんは小さくてかわいいということで気に入ったらしい。

ただ――『エマもさわる……！』と駄々をこね始めた時は困ったが……。

動物園のルールとあればどうしようもなく、どうにかなだめて我慢させたのだが、少しの間エマちゃんは拗ねてしまった。

しかしまぁその機嫌も、次に見つけたモルモットというネズミの一種を抱かせてもらえたおかげで直りはしたが。

ネズミの一種と聞くと負のイメージを浮かべる人も多いだろうけど、ハムスターみたいでかわいい動物だった。

あまり動物園には興味がなかったが、こうやって珍しい動物を見て回るのは面白いものだ。

『シャーロットさん、楽しいかな？』

俺は腕に抱き着きながら歩く、シャーロットさんに声を掛けてみる。

相変わらず周りの男性客が凄《すご》い嫉妬《しっと》の視線を向けてきているけど、シャーロットさんがどこか嬉しそうなのでなるべく気にしないようにした。

『はい、とても楽しいです……。まるで夢みたいです……』

『はは、大袈裟《おおげさ》だね』

『……おそらく、誤解されていますね……』

動物園に来ただけで夢みたいと大袈裟なことを言うシャーロットさんに笑顔を返すと、なぜか顔を背けられてしまった。

機嫌を損《そこ》ねた――ということはないとは思うけど、いったいどうしたのだろうか？

なんだか拗ねているようにも見えるし……。

少しだけシャーロットさんの頰《ほお》が膨らんでいるように見え、俺は彼女が拗ねてしまったと判断した。

ベネット姉妹は拗ねると頰を膨らませてしまうからわかりやすいのだ。

『えっと、どこかベンチに座ってチョコレート食べる？』

俺はショルダーバッグからエマちゃんに用意していたホワイトチョコを取り出し、顔を背けているシャーロットさんの前に差し出した。

すると、彼女はクスッと笑って俺の顔を見上げる。

『青柳君……私はエマではないのですから、お菓子で釣られたりはしませんよ？　……まぁ、頂きますが』

子供扱いをされても困るみたいなことを言いながらも、シャーロットさんは嬉しそうにホワイトチョコを受け取った。

普段おしとやかにしていても、やはり女の子だから甘いものが好きなのだろう。

ニコニコの笑顔でチョコレートを見つめる姿がとてもかわいい。

――クイクイ。

シャーロットさんの横顔を見つめていると、エマちゃんが俺の胸倉を軽く引っ張ってきた。

視線を向ければ、ジィーッと俺の顔を見つめてくる。

まるで、《エマにはくれないの？》とでも言いたげな表情だ。

『エマちゃんもいる？』

『んっ……！』

ホワイトチョコを目の前に掲《かか》げると、エマちゃんは目を輝かせて頷《うなず》いた。

だがしかし、そのままチョコレートを渡そうとすると、エマちゃんは受け取らずに小さな口を大きく開く。

どうやら食べさせてほしいようだ。

『とりあえず、ベンチに移動してからね』

立ったまま食べるのは行儀《ぎょうぎ》が悪いし、他のお客さんの迷惑にもなるので、俺はベンチに向けて歩き始めた。

そしてシャーロットさんと一緒にベンチに座ると、チョコレートの包み紙を剝《む》いてエマちゃんの口元に近付ける。

『はい、あ～ん』

『あ～ん――パクッ』

チョコレートを口に入れてあげると、エマちゃんは頰を緩《ゆる》ませながら食べ始めた。

そして食べ終わると、また同じように大きく口を開く。

まだチョコレートがほしいのだろう。

だけど、今日は既にたくさんチョコレートを食べているため、あまりあげるのもよくない。

だからしまおうとするのだが――すると、目をウルウルとさせた上目遣いでエマちゃんは無言の訴えを始めてしまった。

こんな表情をされると無視することなんてできない。

ましてや今は膝の上に座っているせいで顔が近い距離にあるのだから、尚更この表情に抗《あらが》うことなんてできるわけがなかった。

『…………はい、あ～ん』

『あ～ん』

結局俺が折れてしまい、その後もエマちゃんにチョコレートを食べさせてしまうのだった。

『…………いいなぁ……』

――隣でこちらを物欲しそうに見ている、シャーロットさんの視線に気が付かずに。

◆

『――あっ、ねこちゃん……！』

それは、動物園から岡山駅まで帰ってきて、まだ時間があるので近くの大型ショッピングモールを訪れた時のことだった。

ぬいぐるみショップの前を通ったところ、エマちゃんが猫のぬいぐるみを指さしたのだ。

もしかしなくてもほしいんだろう。

『買ってあげるよ』

『いいの!?』

『うん、折角《せっかく》の機会だしね』

今までエマちゃんにプレゼントになるようなものを買ってあげたことはない。

けん玉やお手玉は、ちょっとプレゼントとは別だろう。

だから、初めて遊びに行った記念に買ってあげたかった。

問題は、どうやってシャーロットさんを説得するかだけど……。

『………』

チラッと視線を向けてみれば、シャーロットさんはなぜか羨《うらや》ましそうにエマちゃんを見ていた。

てっきり、俺が買うことを遠慮《えんりょ》するかと思ったのに、予想外の反応だ。

シャーロットさんも猫好きのようだし、ぬいぐるみがほしいのかもしれない。

『シャーロットさんのも買ってあげるよ』

『えっ？　い、いえ、大丈夫です……！』

買ってあげようとすると、シャーロットさんは慌てて両手を顔の前で振った。

まぁ、彼女が素直に頷くとは思ってなかったけど。

『いいんだよ、遠慮しなくても。折角の記念なんだしさ』

『いえ、いいのです。エマにだけ買ってあげてください』

シャーロットさんはそう言って、力のない笑みを浮かべた。

どう見ても遠慮しているのだけど、無理に押し切るのも良くない。

気付かれないようこっそりと買い、後で渡す手もあるけど……彼女の場合、遠慮して気にしそうなんだよな……。

仕方ない、今回はエマちゃんのぬいぐるみだけを買おう。

『うん、わかった。エマちゃん、どのぬいぐるみがほしい？』

俺はシャーロットさんに笑顔を向けた後、腕の中にいるエマちゃんへと笑顔を向けた。

すると、エマちゃんは猫のぬいぐるみの棚《たな》を見回して、一つのぬいぐるみを指さす。

『あのこ……！』

それは、動物園でエマちゃんがかわいがっていた猫と同じ種類を模した、猫のぬいぐるみだった。

よほど気に入ったようだ。

『それじゃあ、あの子を買おうか』

『んっ……！　ありがとう、おにいちゃん……！』

エマちゃん御所望《ごしょもう》のぬいぐるみを手に取ると、エマちゃんはとても嬉しそうにお礼を言ってきた。

この笑顔だけで満足だ。

それから俺はお会計を済ませて、エマちゃんにぬいぐるみが入った袋を渡す。

『あけてもいい!?』

目をキラキラと輝かせているエマちゃんは、袋を上下に振りながら見せつけてくる。

早く開けたいようだ。

『シャーロットさん、まだ見たいところある？』

『いえ、大丈夫ですよ。もう帰りましょうか』

『ありがとう』

俺はシャーロットさんにお礼を言い、エマちゃんに視線を戻す。

『お店の外に出るまでは待ってね』

『んっ……！』

お店の中で開けて商品を盗《と》ったと思われるのは困るのでそう言うと、エマちゃんは片手をあげて元気のいい返事をした。

最近は我慢もちゃんと覚えていて偉い。

俺たちはそのままショッピングモールの外に出た。

『もう、いい？』

外に出ると、エマちゃんは小首を傾《かし》げて聞いてきた。

そんなエマちゃんに俺は笑顔を向けて頷く。

すると、エマちゃんはパァッと表情を輝かせて袋を開ける。

『ねこちゃん……！』

『よかったね、エマ』

『んっ……！』

シャーロットさんが笑顔で話しかけると、エマちゃんは満面の笑みで頷いた。

そして、再度シャーロットさんに視線を向ける。

『ほいくえん、もっていく……！』

どうやら、明日の保育園に持っていくと言っているようだ。

『それじゃあ、けん玉は置いていこうね』

エマちゃんの保育園は、基本的に一人一個まで好きなおもちゃを持っていっていいことになっている。

だから現在エマちゃんはけん玉を毎日持っていっているのだけど、その代わりとして猫のぬいぐるみを持っていくなら許す、とシャーロットさんは言っていた。

『んっ……！』

そしてエマちゃんは、けん玉を置いて代わりに猫のぬいぐるみを持っていくことにしたようだ。

それからは、三人仲良く電車に乗ったのだけど――。

『すぅ……すぅ……』

電車に乗ってすぐ、エマちゃんは寝てしまった。

今日は動物園ではしゃいでいたし、疲れてしまったのだろう。

それでも猫のぬいぐるみはしっかりと握っていた。

「寝ちゃいましたね」

隣に座っているシャーロットさんは、愛《いと》おしそうにエマちゃんの頰《ほお》を撫《な》でる。

相変わらずとても優しい笑顔だ。

そんなシャーロットさんを見ていると、彼女も俺を見てきた。

「今日は本当に楽しかったです。ありがとうございました、青柳君」

「喜んでもらえたならよかったよ。……うん、俺も楽しかった」

今日はエマちゃんがメインだったため、デートというよりは家族でお出かけをしているみたいな感じだったが、それでも凄《すご》く楽しかった。

小さな子がはしゃいでる姿を見ていると心が満たされるし、甘えてこられるとかわいすぎて頰が緩《ゆる》むくらいだ。

一日中遊んだはずなのに、正直遊びに行く前よりも元気になった感じがする。

病は気の持ちようというが、普段からの体力も気持ちに影響されるのかもしれない。

「また遊びに行きたい……というのは、さすがに我《わ》が儘《まま》でしょうか……？」

俺の顔を見上げていたシャーロットさんが、顔色を窺《うかが》うようにして俺の顔を見つめてきた。

まるでエマちゃんを相手にしているかのようなウルウルとした瞳に、夕陽に照らされているせいで赤らんでいる頰。

こんな表情で見つめられて断れる人間などいないだろう。

「いや、我が儘じゃないよ。俺もまたシャーロットさんと遊びに行きたい」

俺はシャーロットさんに対してそう笑顔で答えた。

誰もが惹《ひ》かれる素敵な女の子とまた遊べるなら、嬉しい限りだ。

「そ、それでしたら、来週の土曜日はいかがでしょうか？」

俺が頷《うなず》くと、シャーロットさんは嬉しそうな表情を浮かべながら上目遣いに聞いてくる。

思っていたよりも直近に話がきてしまった。

要は次の休みに遊びたいということらしい。

俺が自由に使える金は多いが、訳あってなるべく使いたくないお金だ。

だからあまり頻繁《ひんぱん》に遊びに行くのは避けたいのだけど……まぁ、もう一日くらいは全然問題ないだろう。

「うん、いいよ。次もエマちゃんが行きたいところに行くって感じでいいのかな？」

「あっ……」

「ん？」

エマちゃんのことを話題に出すと、シャーロットさんは困った表情を浮かべて寝ているエマちゃんに視線を落とした。

何か問題でもあるのだろうか？

俺は、エマちゃんと俺の顔を交互に見るシャーロットさんが口を開くのを待つ。

すると――。

「……そうですね、三人で遊びましょう」

シャーロットさんは、ニコッと笑みを浮かべた。

その笑顔は、違和感がある笑顔だ。

最近、こんな笑顔ばかり見てるな……。

彼女にはもっと我が儘を言ってほしい。

そう思うのだけど、彼女が遠慮《えんりょ》なく我が儘を言ってくれるような関係にまだなれていないのだろう。

少しずつ自分のおねだりとかをしてくれるようにはなっているので、時間をかけて焦らずにいくしかないのかもしれない。

だけど俺は。早く彼女が遠慮なく我が儘を言ってくれる関係になりたいと思うのだった。

第五章　「知りたかった過去と知りたくなかった過去」

『――わぁあああああん！』

シャーロットさんたちと動物園に遊びに行った翌日、学校が終わってシャーロットさんと二人でエマちゃんを保育園に迎えに行くと、なぜかエマちゃんの泣き叫ぶ声が聞こえてきた。

その声を聞き、俺たち二人は慌てて保育園へと入っていく。

すると――。

『わぁあああああん！　おにいちゃぁあああああん！』

俺に気が付いたエマちゃんが、泣きながらこっちに駆け寄ってきた。

そして足元にまで来ると、ガシッと足にしがみついてくる。

どうしてエマちゃんが泣いているのかはよくわからなかったが、とりあえず抱っこして頭を優しく撫《な》でてあげた。

それでエマちゃんは落ち着きを取り戻したのか、泣き喚《わめ》くことはやめて俺の胸に顔を押し付けてくる。

俺はエマちゃんの頭を撫でてあやしながら、保育士さんに視線を向けた。

「いったい何があったのですか……?」

「それが……」

気まずそうに保育士さんが俺から視線を移したのは、片方の耳が取れかけた猫のぬいぐるみだった。

それは、昨日俺がエマちゃんにプレゼントしたものだ。

どうして、買ったばかりのぬいぐるみの片耳が取れかけているんだろう……?

「そのぬいぐるみ、俺がエマちゃんにあげたやつだよね?」

俺は念のため、隣にいるシャーロットさんに聞いてみる。

「そうですね……。今日持っていってましたし、おそらく間違いないと思います……」

やはり間違いはないようだ。

確かに朝俺の部屋に来てからも、肌身離さずずっと持っていた。

それほど大切にしていたぬいぐるみが壊れたから、エマちゃんは泣き喚いていたのだろう。

しかし、普通に遊んでいただけなら新品に近いぬいぐるみが簡単に壊れるはずがない。

ましてや、エマちゃんが故意的に壊した可能性は皆無だ。

となると、第三者が何かした可能性が高い。

「どうしてこうなったのか、状況を教えて頂いてもよろしいでしょうか?」

なるべく声色や口調に気を付けながら、事の成り行きを知っているであろう保育士さんに尋ねてみた。

するとと、彼女は気まずそうに口を開く。

「実は……そのぬいぐるみを貸してって言う友達がいて、エマちゃんが貸そうとしなかったんです。そしたら二人でぬいぐるみの引っ張りあいを始めてしまったようで、このような結果になりました……。私が気付いたのはエマちゃんの泣き声を聞いてからでして、状況は他の子に教えてもらったのですが……目が行き届いていなくて、申し訳ございません……」

保育士さんは全てを説明してくれた後、申し訳なさそうに頭を下げてきた。

なんだか逆にこちらが申し訳なくなってくる。

「いえ、保育士さん一人では全ての子供に目が行き届かないことは、こちらも理解しております。エマちゃんが怪我《けが》をしたというわけでもないのですから、そこまで気になさらないでください」

実際、保育士さんの人数が足りていないことや、子供たちに目が行き届かないのは社会的に問題になっている。

そのことを許さずに保育士さんに責任を求める親も多いだろうが、現場にいる彼女たちが悪いのではないのだから責めるのは見当違いだ。

それで彼女たちの負担を増やしてしまえば、結果更に保育士さんは減るという負のスパイラルに陥《おちい》るだろう。

今回はエマちゃんに怪我がなかったんだし、ぬいぐるみならまた買ってあげればいいのだから問題はない。

「あ、ありがとうございます……！」

保育士さんはよほど責められると思っていたのか、安心したようにホッとした表情を浮かべた。

モンスターペアレントが多いこの世の中、子供を預かる立場の人は大変そうだ。

まぁそれはそうと――。

「ところで、エマちゃんから無理矢理ぬいぐるみを奪おうとした子は、今どこにいるのでしょうか？」

俺はニコッと笑みを浮かべて保育士さんに尋ねてみる。

なぜか俺の顔を見た保育士さんはビクッと怯《おび》えてしまったが、おそるおそるといった感じで口を開いてくれた。

「その……あそこに……」

保育士さんが指さした先を見ると、一人の女の子が涙を流しながら怯えるように俺を見ていた。

多分エマちゃんが俺に泣きついたから、怒られると思って怯えているのだろう。

あの子は……。

「シャーロットさん、エマちゃんをお願い」

「あっ、はい――って、全然放してくれないのですが……」

俺がシャーロットさんにエマちゃんを預けようとすると、頬《ほお》を膨《ふく》らませたエマちゃんが俺の服を思いっきり摑《つか》んでいた。

どうやら、離れないという意思表示らしい。

『エマちゃん、少しだけシャーロットさんに抱っこしてもらっててくれないかな？』

エマちゃんがいると泣いているお友達と上手《うま》く話せない気がするため、どうにかシャーロットさんに預けようとする。

しかし、エマちゃんは俺から離れようとしなかった。

それどころか、ウルウルとした瞳で俺の顔を見つめてきて、無言で訴えかけてくる。

見ていると可哀想《かわいそう》でなんでも言うことを聞いてあげたくなるため、俺はこの瞳に物凄《ものすご》く弱かった。

――だけど今は、こういう時頼りになる女の子がいる。

『ごめんね、エマ』

エマちゃんが瞳をウルウルとさせていることに気が付いたシャーロットさんは、サッとエマちゃんの両目を自分の両手で隠した。

先程まで泣き喚いていた子に対しては酷《ひど》いかもしれないが、こうでもしないとエマちゃんには勝てないのだから仕方がない。

声を出したせいでエマちゃんも誰が目隠しをしているのか気が付いており、シャーロットさんに対して猛烈に怒り始めた。

きっと八つ当たりもしてるんだろう。

その隙《すき》に俺は、エマちゃんをシャーロットさんへと引き渡す。

エマちゃんもシャーロットさんに文句があるからか、今度は素直に彼女の腕の中へと移ってくれた。

そして、猫のぬいぐるみの分の怒りもぶつけるかのように、シャーロットさんへと怒り始める。

そんなエマちゃんをシャーロットさんは涼しい表情で流していた。

こういうところを見ると、さすがお姉さんだと思う。

さて――。

俺はチラッと、未だに怯えながらこちらを見ている女の子に視線を移す。

女の子は目があっただけでビクッとするのだが、俺は別に怒鳴りつけるつもりはない。

ただ、この子が今後困らなくて済むように教えてあげるだけだ。

『クレアちゃん、怯えなくて大丈夫だよ』

俺は怯えている女の子――クレアちゃんの傍まで行くと、腰をかがめて笑顔で話し掛けた。

クレアちゃんは驚いたように俺の顔を見つめてくるが、ハッと我に返るとおそるおそる後退していく。

しかし既に壁際にいたため、すぐにトンッと壁にぶつかってしまった。

もう後退できないことに気が付くと、クレアちゃんは俺の顔から視線を外さずに壁を沿って左に動き始める。

なかなか器用な動きをする子だ。

このまま俺との距離を開け続け、ある程度まで距離が開いたらダッシュで逃げるつもりなのだろう。

やはりその辺は子供が考えることというか、体格差があるためたとえ距離を開けられてもすぐに捕まえることができる。

だけど、ここで逃げることを覚えさせるのはよくなかった。

『――大丈夫、怒ったりしないから。少し俺とお話しをしよう』

逃げることなんてできないと理解させるために、俺はクレアちゃんが開けた距離を一瞬で詰め、もう一度笑顔で話し掛けた。

クレアちゃんは逃げられないとわかると、目から涙を流しながら俺の顔を見つめてきたのだけど、完全に顔が怯えてしまっている。

これでは俺が何を言ってもこの子には届かないだろう。

前に少し仲良くなれたと思ったのに、振り出しに戻ってしまったようだ。

まずは話ができる状況を作るために、俺はゆっくりとクレアちゃんに手を伸ばした。

すると、クレアちゃんは何かをこらえるようにギュッと目を瞑《つむ》って縮こまってしまう。

もしかしたら、悪いことをしたせいで叩かれると思っているのかもしれない。

当然、俺がクレアちゃんに手を伸ばしたのは叩くためではないのだが。

『よしよし、そんなに怯えなくても大丈夫だよ』

俺はクレアちゃんから怯える感情を取り除けるよう、優しく丁寧《ていねい》に頭を撫《な》でる。

すると、おそるおそる目を開けて、ウルウルとした瞳で俺の顔を見つめてきた。

本当に怒らないのか確認しているといった感じだろう。

だから俺は、優しくニコッと微笑《ほほえ》んだ。

『クレアちゃんは猫が好きなの？』

『うん……』

『それで、エマちゃんから猫のぬいぐるみを貸してほしかったんだね？』

『……………うん……』

クレアちゃんは俺の質問に『うん』としか答えないが、逆に言うとちゃんと返事はしてくれている。

貸してほしかったことについての返事が遅かったのは、多分頷《うなず》いたら怒られると思ったのだろう。

だけど、俺は決して怒ったりはしない。

小さい子が他の子の持ちものをほしがるのは珍しくないし、こういうことを経験して子供は成長していくからだ。

『そっか……でもね、お友達のものを無理矢理取ろうとするのはいけないことだよ？』

あくまで優しい声を意識しながら、俺はやってはいけないことをちゃんとクレアちゃんに教える。

クレアちゃんもいけないことをしたとは理解しているようで、素直に頷いてくれた。

ぬいぐるみの耳が取れかけるまで引っ張りあいをしたというから、もう少し我儘《わがまま》な子だと思っていたのだけど、この様子を見る限りでは素直な子のようだ。

前に一緒に歌った時も素直に言うことを聞いたし、根はいい子なのだろう。

とりあえず、いけないことをしたというのはわかっているようだし、注意をする必要はない気がした。

——とはいえ、同時にこれはより厄介《やっかい》だと俺は思う。

いけないことをいけないことだと認識していない子には、何がいけないことなのかをわかるように説明をしてあげればいい。

だけどこの子は、いけないことだとわかっているのにもかかわらず、行動に移してしまっている。

そこには、幼い子ならではの感情セーブが利《き》かないことが影響しているんだろう。

そうなると、ここで理解させたとしてもまた似たような状況になれば、この子はきっと同じことをする。

なんせ、感情は理屈じゃないんだからな。

さて、どうするか——。

この子がもう他の子からものを無理矢理取ろうとしないようにするにはどうすればいいか、俺は顎《あご》に手を当てて考えてみる。

すると、エマちゃんが大切にしてくれていた、片耳が取れかけた猫のぬいぐるみが目に入った。

……やってみる価値はあるか。

猫のぬいぐるみを見てある案が浮かんだ俺は、床に転がっている猫のぬいぐるみを拾いに行く。

そして拾い上げると、そのぬいぐるみを持ってクレアちゃんの元にまで戻った。

『猫ちゃん、耳が取れかけて痛い痛いって言ってるよ？』

ぬいぐるみなのだから本当は喋《しゃべ》るはずなどないが、俺はあたかも猫のぬいぐるみが訴えかけているかのようにクレアちゃんに伝える。

クレアちゃんは片耳が取れ掛けた猫のぬいぐるみを見ると、また泣きそうな表情になってし

ろう。

子供は純粋だから、たとえぬいぐるみだろうと本当に痛がっているように見えてしまうんだまった。

『……ねこちゃん……ごめん……ごめんね……』

クレアちゃんは、小さなお手々で丁寧に取れかけたほうの耳を撫で始める。

その間、何度も何度もぬいぐるみに対して泣きながら謝っていた。

幼い子にはただ怒ったりするよりも、こういうふうにものの痛みを覚えさせたほうが心に響く気がする。

後は、もう一押しするだけでひとまず安心といったところか。

『耳が取れかけた猫ちゃんも痛い痛いって泣いているけど、大切なものを取られそうになったエマちゃんも、同じように痛い痛いって泣いているんだ。だから、こういうことはもうしたら駄目だよ?』

クレアちゃんの歳《とし》で、俺が言った言葉がどれだけ理解できているかはわからない。

それに少し脚色もした。

後はどれだけこの子の心に響くかだが——多分、大丈夫だろう。

『クレア……エマちゃんにも……ごめんなさいしてくる……』

俺が何も言わなくても、クレアちゃんは自分からエマちゃんに謝ると言い出してくれた。

大人が言うならほとんどは体裁《ていさい》を気にした形づくりの謝罪だろうが、幼いこの子には形づくりみたいな考えなんて思いつくこともない。

心から、エマちゃんに謝らないといけないと思っての発言だろう。

『うん、わかった。それじゃあ、一緒にエマちゃんのところに謝りに行こうか』

『あっ……うん……！』

笑顔で話し掛けると、クレアちゃんは元気よく頷いてくれた。

エマちゃんの元に向かおうとするとなぜか手を繋《つな》いできたのだが、多分俺が一緒に行こうと言ったからだろう。

俺とクレアちゃんはそのまま、シャーロットさんと何かを話しこんでいるエマちゃんの元へと戻った。

『――いい？　友達が貸してほしいって言ってきたら、ちゃんと貸してあげないとだめなんだよ？』

『むぅ……！』

『頬《ほお》を膨《ふく》らませてもだめ。人に優しくできる人間になってほしいの』

クレアちゃんを連れて戻ると、優しい笑みを浮かべているシャーロットさんがエマちゃんに言い聞かせていた。

そんな彼女に対してエマちゃんは、頬を膨らませながらペチペチとはたく攻撃をしているのだが、攻撃をされているシャーロットさんは軽く受け流している。

もう手慣れたものなんだろう。

俺がクレアちゃんと話している間にこちらでも何か話していたようだが、エマちゃんが怒っている理由は俺が離れた時とは違うようだ。

いったいどんな会話をしたら、エマちゃんがここまで怒るのか。

戻ったばかりで状況がわからない俺は、しばしシャーロットさんたちの会話を見守ることにする。

保育士さんはすぐに俺の存在に気が付いたのだが、肝心《かんじん》の二人は話すことに夢中になっていて俺に気が付かない。

別に声を掛ける必要もないため、俺は黙って二人の会話を聞きながら頭の中で整理したのだけど――どうやらシャーロットさんは、エマちゃんが猫のぬいぐるみを友達に貸さなかったことを注意しているようだ。

シャーロットさんの心情からすると、妹にも優しくて気遣いができる人間になってほしいのだろう。

彼女が親にそう教えられて育てられたのか、それともシャーロットさんの元からの考え方なのかはわからないが、幼い子にとっては随分《ずいぶん》と酷《ひど》いことを言っていると思った。

エマちゃんが怒って抗議するのも当然だ。

今回ばかりは、俺は全面的にエマちゃんの肩を持つ。

『シャーロットさん、ちょっと待って』

俺は、今もなおエマちゃんに対して同じことを言い聞かせようとする、シャーロットさんの前に手を割り込ませた。

会話に夢中になっていて俺の存在に気が付かなかったシャーロットさんは、驚いて俺の顔を見てくる。

『どうされました……？』

『話に割り込んでごめんね。だけど、シャーロットさんが言っていることは間違っていると思うんだ』

俺は少し胸が痛みながらも、シャーロットさんと対立する。

当然、俺がこんなことを言うとは思ってなかったシャーロットさんは、戸惑ったように俺の顔を見てきた。

彼女からすれば当たり前のことを教えていただけなのに、それをいきなり俺に否定されたりすればこの反応も仕方がない。

『シャーロットさんは、エマちゃんに気遣いができる優しい人間になってほしいんだよね？』

『はい、そうです。この子が大きくなった時、他の人のことを考えられない人間にはなってほしくありませんので……』

『うん、その気持ちはわかるよ。でもね、大切にしているものまで他人に貸せって言うのは、少し酷いと思うんだ』

　例えば誰かが困っていた時、自分が持っているものがあればその人が助かるというのなら、持っているものを貸すべきだ。

　他にも、仲がいい友達が欲しがっているものを自分が持っており、貸したところで自分が困らないのなら同じく貸せばいい。

　だけど、自分が大切にしているものまでを友達に貸す必要なんてない。

　そして、エマちゃんが肌身離さず猫のぬいぐるみを大切にしていたのも確かだ。

　それなのに、《猫のぬいぐるみを友達に貸さないと駄目》と教えるのはいくらなんでも酷いと思った。

　だから俺は止めることにしたのだ。

『何が酷いのでしょうか……？　友達におもちゃを貸す、当たり前のことを教えているだけですよ……？』

　シャーロットさんはわざと、猫のぬいぐるみのことをおもちゃと言い表す。

　一般的な考えで、友達におもちゃを貸すくらい至極《しごく》当然なことだと言いたいのだろう。

　彼女は別に反発してきているわけではない。

　ただ、俺が言っていることがわからないから、説明をしてくれと言っているのだ。

『そうだね、たかがぬいぐるみだ。だけど、それは俺たちの考えであって、エマちゃんの考えではないでしょ？　俺たちにとってはどこにでもあるぬいぐるみだけど、この子にとっては手放したくないほど大切なものなんだ。そこを履《は》き違えたら駄目だと思う』

この猫のぬいぐるみに対して抱く価値観が、持ち主であるエマちゃんとそうではない人では違うんだ。

だから平気でシャーロットさんは、ぬいぐるみを友達に貸せと言える。

しかし、エマちゃんにとっては手放したくない大切なものなのだから、嫌だと抗議するのは当たり前だ。

だけど、どうして貸したくないか説明するほどの言葉をこの子はまだ持っていないから、感情で表すことしかできない。

結果、シャーロットさんはエマちゃんの思いに気付かずに、自分の考え方を押し付けてしまう。

このままではエマちゃんにとって、シャーロットさんはわからず屋の姉という印象を抱かせてしまう怖れがあった。

『ですが……たとえ大切なものだったとしても、この子には友達に貸せるような人間になってほしいです……』

きっとシャーロットさんならそうするのだろう。

自分が大切にしているものであっても、友達がほしがるのなら我慢して渡す。

彼女なら当たり前のようにやりそうだ。

だけど、そもそもその考え方が間違っていると俺は思う。

『ごめんね。少しきつい言い方をするけど……シャーロットさんは、エマちゃんを不幸にしたいの？』

まだ納得していないシャーロットさんに対して、俺はわざときつめの言葉を用いた。

彼女がエマちゃんを不幸にしたいなど考えるはずがないのだが、こうでも言わないと彼女は考え方を変えようとしないと思ったのだ。

それだけ、シャーロットさんの中では我慢をすることが当たり前となってしまっている。

『そ、そんなことを考えるはずがありません……！　なんで、そのようないじわるを言うのですか……！』

珍しくもシャーロットさんは少し怒ったような声を出す。

そのせいで、黙って俺たちのやりとりを聞いていたエマちゃん、クレアちゃん、そして保育士さんの三人がビクッとした。

エマちゃんは怯《おび》えたように姉の顔を見上げ、クレアちゃんは俺と繋《つな》いでいる手にギュッと力を込める。

幼い二人からすれば、少しでも感情的になる大人は怖いのだろう。

普段とても優しいシャーロットさんを知っているエマちゃんに関しては、クレアちゃん以上の怯えがあるかもしれない。

シャーロットさんの腕の中にいるエマちゃんにはどうしてあげることもできないが、俺と手を繋いでいるクレアちゃんは頭を優しく撫《な》でて安心させてあげた。

クレアちゃんの不安が和《やわ》らいだことを確認すると、俺はもう一度シャーロットさんに視線を戻す。

『今の教えをこのまま続けていけば、エマちゃんは不幸になるかもしれないよ』

『どうしてですか……？』

シャーロットさんは不満そうな目を向けてくる。

彼女が怒るのも、不満をぶつけてくるのも今日が初めてかもしれない。

だけど、たとえ彼女に嫌われようとも俺は譲《ゆず》れなかった。

『シャーロットさんが教えていることは、言い換えるなら我慢をしろと言っているようなものでしょ？　我慢を教えることは別に悪くないし、むしろ幼い子には大切なことだと思う。でもね、大切なものまで我慢させたら、全て我慢しろと言っているようなものじゃないか。そんな考え方が身についてしまえば、エマちゃんは今後自分がしたいことを全て我慢する子になってしまうよ？　したいことを何もできないって、不幸だと思わない？』

『…………』

俺の言葉を聞いたシャーロットさんは、黙り込んでしまい何も言い返してこない。

今彼女が何を考えているのかは、正直俺にもわからない。

我慢をすることが当たり前になっている彼女が、我慢に対してどのような考えを持っているのかがまだ見えていないのだ。

《我慢することは辛《つら》いけど、みんなが幸せになるために我慢をする》

《別に我慢することは辛くないし、我慢すればみんなが幸せになるのなら何も問題はない》

この二つの考え方では、同じ《我慢をする》ということでも意味が違う。

シャーロットさんが《我慢をするということが不幸》ということについてどう答えを出すかは、彼女がどちらの考え方をしているかによるんだ。

逆に言えば、彼女がどう答えるかで彼女の本心も見ることができる。

俺はもう何も言わず、シャーロットさんが答えを出すまで待つことにした。

もちろん、ここで彼女が後者の考え方を持っていたとしても俺は引く気はない。

たとえシャーロットさんが辛いと思っていなくても、エマちゃんにとっては辛いことなんだ。

それを見逃すことなんてできるはずがなかった。

やがて、彼女はゆっくりと口を開く。

『…………そう、ですね……。確かに大切なものまで我慢するように言ったのは……間違いでした……。我慢のしすぎは……辛いですからね……』

――シャーロットさんが出した答えは、《我慢をすることは不幸》に関して肯定だった。

ということは、やっぱり彼女は辛いと思いながらも普段我慢をしているということだ。

彼女がどうして過剰《かじょう》に我慢をするのかについては、もう彼女の過去を知って理由はわかっている。

だけど、それを辛いと思っているのなら、まだ彼女自身もどうにかできるだろう。

そっちのことに関しては、俺がどれだけシャーロットさんに頼られる存在になれるか、というのはあるかもしれないが……。

『わかってくれてありがとう。とは言っても、さっきも言った通り、我慢自体はちゃんと教えないといけないんだけどね』

俺の意見を呑《の》み込んでくれたシャーロットさんに対して、俺は笑顔でお礼を言った。

当たり前だった考え方を変えるのは、凄《すご》く難しいものだろう。

こういうところは、やはり彼女はできた人間だ。

しかし――。

『……でも、青柳《あおやぎ》君だって……大切なものでも、友達に貸す人だと思いますが……』

話は終わったからエマちゃんとクレアちゃんの話に戻ろうとすると、シャーロットさんが小さな声で不服そうに言ってきた。

俺の言っていることは理解したけど、俺も彼女と同じことをするタイプの人間ではないか、と言いたいのだろう。

普段から俺がしていることを見ている彼女としては、そう思うのも無理はない。

だけど、その考えは間違っている。

『本当に大切なものができた時は、たとえ相手が誰であっても渡さないよ。俺にだって、独占欲はあるんだから』

俺がそう笑顔で言うと、なぜかシャーロットさんはボンッと顔を真っ赤にしてしまうのだった。

◆

『ごめんね、待たせて』

シャーロットさんとの話が終わった後、俺は手を繋いでいたクレアちゃんに話しかける。

元々はクレアちゃんが謝るために戻ってきたのに、思わぬ方向に脱線させてしまった。

しかし、ここからはちゃんと役割を果たさないといけないだろう。

俺は視線をクレアちゃんからエマちゃんへと移す。

すると、エマちゃんも視線をシャーロットさんから外して俺を見てきた。

そろそろ抱っこのおねだりがくるかもしれない。

『――んっ、だっこ……』

ほらやっぱり。

最近は、エマちゃんが抱っこを求めてくるタイミングがわかるようになった気がする。

というか、隙《すき》あらば抱っこを求めてくるのだ。

……まぁそれはそうと、現在俺はクレアちゃんと手を繋いでいる。

エマちゃんを抱っこするには片手となってしまうため、危なくて抱っこをすることはできない状況だ。

クレアちゃんの手を放せば済む話ではあるが、どうせならここはエマちゃんを抱っこせずに降りてきてもらおう。

クレアちゃんが謝ろうとしているのだから、同じ目線の高さで話してもらいたいのだ。

『…………？』

手を伸ばしても俺が抱っこをしようとしないせいで、エマちゃんが小首を傾《かし》げる。

《いつもなら、これでだっこをしてくれてたのに……》

そんな思いがエマちゃんから見て取れた。

俺はどうやって抱っこ好きのエマちゃんに降りてきてもらうか考えようとするのだが、それよりも先にエマちゃんが何かに気が付いたように俺の左腕に視線を向けた。

そしてその視線は、段々と下に降りていく。

直後、クレアちゃんを視界に捉えたエマちゃんの顔色が変わった。

『んっ……！　んっ……！』

『あっ、こら！　暴れたら危ないよ！』

猫のぬいぐるみを壊された恨みがあるからか、クレアちゃんを見つけたエマちゃんはシャーロットさんの腕の中で暴れだす。

咄嗟《とっさ》に俺がクレアちゃんの手を放してエマちゃんを抱き上げるものの、今度は俺の胸をバンバンッと力強く叩き始めた。

『エマちゃん、落ち着いて！』

『んっ！　んっ！』

俺の抑制の声も届かず、エマちゃんは頬《ほお》をパンパンにして怒っている。

大切なものを壊されたのだからその気持ちはわかるが、抱っこしている状態で暴れられると落としかねない。

とはいえ床に降ろそうものなら、今のエマちゃんだとクレアちゃんを叩きかねないためそういうわけにもいかない。

エマちゃんのご機嫌を取ろうにも、今はお菓子もなければ猫のぬいぐるみも壊れている。

都合よく猫が通りかかってくれるわけでもないし、いったいどうすれば……。

『エマ！　そんなことをしてるとお兄ちゃんに嫌われるよ！』

俺がエマちゃんの対応に困っていると、珍しくもシャーロットさんが大きな声を出した。

多分、普通の声ではエマちゃんに届かないと思ったのだろう。

その言葉に意味はあるのか、と俺は疑問に思ったが、意外にもエマちゃんはピタッと動きを止めた。

そしておそるおそる顔を上げ、ウルウルとした瞳で上目遣いに俺の顔を見つめてくる。

どうやら顔色を窺《うかが》っているようだ。

思わぬ言葉に効果があったことに驚きつつも、チャンスと見た俺は優しく丁寧《ていねい》にエマちゃんの頭を撫《な》でた。

するとエマちゃんは、ギュッと俺の服を握り締める。

そしてそのまま、顔を俺の胸へと押し付けてきた。

チラッと見えた表情はもう怒りの顔ではなく、少しだけ拗《す》ねたような顔だった。

頑張って自分の中で怒りを消化させようとしているのかもしれない。

俺は再度エマちゃんが顔を上げてくれるまで、優しく彼女の頭を撫で続けるのだった。

◆

『んっ……』

十分後──まだ少し頬が膨《ふく》らんでいるものの、エマちゃんはゆっくりと顔を上げた。

幼くても賢い子だから、自分の中で折り合いをつけ、もう大丈夫だと思って顔を上げたのだろう。

『大丈夫？』

『んっ……』

一応確認してみれば、エマちゃんは小さくコクンッと頷《うなず》いた。

俺は《よしよし》と優しく頭を撫でつつ、ゆっくりとエマちゃんを床に降ろす。

抱っこをやめれば駄々をこねるかとも思ったが、どうして降ろされたか理解しているのか、エマちゃんは素直に降りてくれた。

そのかわり俺の手を放そうとはしなかったが、まぁこれくらいなら別にいいだろう。

『クレアちゃんが猫ちゃんのことで謝りたいんだってさ。話を聞いてあげてくれる？』

俺がクレアちゃんの思いを伝えると、エマちゃんはジッとクレアちゃんを見つめる。

しかし、その手に抱えられている片耳が取れかけた猫のぬいぐるみを見ると、また泣きそうになってしまった。

『頑張れ……』

ここで泣かれては困るため、俺は優しい声を意識して優しく頭を撫でながらエマちゃんを励《はげ》ます。

頭を撫でられたエマちゃんはなんとか我慢できたのか、グッと涙をこらえて再度クレアちゃんを見た。

クレアちゃんは怒られるのを覚悟しながらも、猫のぬいぐるみをエマちゃんに手渡す。

『エマちゃん……ねこちゃんとって……ごめんね……。おみみも……こわしちゃって……ごめんなさい……』

途切れ途切れではあるが、クレアちゃんは心を込めて謝った。

だけど、エマちゃんは猫のぬいぐるみを大事そうにギュッと抱きしめはするものの、何も言おうとはしない。

シャーロットさんがそれに対して何かを言おうとするが、そんな彼女を俺は手で制した。

今は俺たちが出る幕じゃない。

エマちゃんとクレアちゃん、二人で話し合わせないと意味がないのだ。

俺はシャーロットさんに目配せをすることで自分の考えを伝える。

さすがのシャーロットさんも全てを読み取ってはいないだろうが、俺の言いたいことはわかってくれたようで口を閉ざした。

さて、エマちゃんはどんな答えを出すか……。

正直言えば、エマちゃんにはクレアちゃんを許してあげてほしい。

クレアちゃんは猫のぬいぐるみと遊びたかっただけで、わざとぬいぐるみを壊したわけではないのだから。

もちろん、クレアちゃんを許してほしい理由はそれだけではない。

エマちゃんには他人を許せる子に育ってほしいのだ。

だけどこれは、俺の勝手な思いだ。

もう少し大きくなればまた違うが、まだ幼いエマちゃんに俺の気持ちを押し付けるわけにはいかない。

そして、強制されたものではなく、自分の意思で許すという答えを出してほしかった。

『エマちゃん……ごめんね……』

エマちゃんが何も答えないからか、クレアちゃんがもう一度エマちゃんに謝る。

すると、今度はエマちゃんにも反応があった。

『ねこちゃん……こわれた……』

エマちゃんの口から出た言葉は、許すでも、許さないでもない。

ただ、ぬいぐるみが壊れたという事実を告げただけ。

しかしこれは、クレアちゃんにとって一番効く言葉だろう。

まだ、怒ってもらったほうが楽だったはずだ。

怒りをぶつけてもらえたなら罪悪感からは解放されただろうが、怒りをぶつけられずに悲しそうにされてしまえば、加害者側にはどうしようもない。

決して、エマちゃんはわざとこうしたわけではないだろう。

この子からすれば、怒るのはよくないと思って我慢した結果なんだと思う。

友達のことを思ったからこそのすれ違いが、今生まれていた。

……さすがに、このまますれ違うのはかわいそうだよな……。

見届けると決めていた俺だが、よくない方向にいきそうなのを直感し口を挟むことにする。

『エマちゃん、猫のぬいぐるみならまた新しいのをあげるよ？』

新しいのをあげれば機嫌が直るかもと思ったが、エマちゃんは小さく首を左右に振る。

そして、俺に猫のぬいぐるみを見せてきた。

『ねこちゃん……おにいちゃんから……はじめてもらった……。エマのたからもの……』

『――っ！』

俺から初めてもらったものだから、大切なんだ。

たとえ同じものをもらったとしても、もう代わりはない。

エマちゃんが言いたいことを読み取った俺は、胸が熱くなってきた。

まさかここまで大切に思われていただなんて……。

エマちゃんの思いを軽視してしまっていた自分を恥じる。

シャーロットさんに偉そうに説教をしておきながら、俺もエマちゃんの思いを汲《く》み取りきれていなかったのだ。

『大切にしてくれてありがとう』
大事そうにぬいぐるみを持つエマちゃんの頭を、俺は優しく撫でた。
今はこんなお礼を言うことくらいしかできない。
そのかわり、できるだけエマちゃんが望んでいる形にもっていってあげよう。
『シャーロットさん、裁縫《さいほう》って得意？』
『あっ……苦手ではないですが、ぬいぐるみは縫《ぬ》ったことがなくて……』
『そっか……』
シャーロットさんが直せるなら話は早かったんだけど、自信がないなら仕方がない。
俺はポケットからスマホを取り出す。
そしてすぐさまメッセージを入力して送ると、メッセージは瞬く間に返ってきた。
その返ってきた内容は――。
《任せて……！》
とても心強いものだった。
『エマちゃん、猫ちゃん直るよ』
『ほんとう……!?』
猫のぬいぐるみが直るとわかると、エマちゃんが目を輝かせた。
よほど嬉しいらしい。

元通りに戻せるかどうかは俺にはわからないけど、多分あの子なら大丈夫だろう。

『エマちゃん、クレアちゃんのこと許してあげられる？』

機嫌が直ったことを確認した俺は、エマちゃんの視線をクレアちゃんに誘導する。

クレアちゃんは指先を合わせてモジモジとしていて、エマちゃんの言葉を待っているようだった。

『……ねこちゃん……なおるから……いいよ……』

『――っ！　あ、ありがとう！』

エマちゃんに許してもらえたクレアちゃんは、パァッと表情を明るくする。

ポロポロと流れる涙は、先程とは違って安心したがゆえに出たものだろう。

これで二人は仲直り――んっ……？

もう終わったと思って安心していると、エマちゃんがクレアちゃんにテクテクと近付いていた。

あぁ……仲直りの印として何かするつもりなのか。

子供だから握手でもするのかな？

そんなふうに俺が呑気《のんき》に考えているると――。

『でも……おにいちゃんは……とっちゃあだめ……！』

――クレアちゃんの目の前まで行ったエマちゃんは、猫のぬいぐるみをポスッとクレアちゃんに頭突きさせた。

『『エマ（ちゃん）!?』』

てっきり仲直りをしに行ったと思っていた俺たちは、エマちゃんの予想外すぎる行動に声をあげてしまうのだった。

◆

――エマちゃんがぬいぐるみを頭突きさせてどうなるかと思ったが、軽い力で行われたせいかクレアちゃんは怒ったりしなかった。

それどころか、笑みを浮かべてエマちゃんに抱き着き、抱き着かれたことに対してエマちゃんもギュッと抱きしめ返したのだ。

どうやら仲直りの儀式みたいなものだったらしい。

二人は元の仲良しに戻ったので、俺たちは安心して保育園を後にした。

そして現在は、ぬいぐるみを直してくれる子のところに向かっている最中だ。

ちなみに、エマちゃんは泣き疲れたのか俺の腕の中でスヤスヤと眠っている。

安心しきった寝顔を浮かべているので、俺は一安心していた。

「――ここ、でしょうか……?」

「えっ……？　あっ、そうだね……」

シャーロットさんの声に顔を上げてみると、俺の目には予想外のものが映しだされた。

そのせいで若干《じゃっかん》戸惑ってしまったのだけど……。

俺たちが着いた目的地――それは、まるで漫画に出てくるかのようなとても古びたボロボロの建物だったのだ。

念のため住所を確認してみるものの、俺が入力した地図アプリにはちゃんと送られてきた住所が入力されており、アプリ自体もここが目的地だと言っている。

どうやら間違いなく、俺たちの目的の人物――東雲《しののめ》華凜《かりん》さんは、この建物に住んでいるようだ。

予想外の家に戸惑いつつもここで立ち止まっているわけにもいかず、俺はインターホンを鳴らした。

すると、中から小さな足音が聞こえてきて、すぐに家のドアが開いた。

「い、いらっしゃい……！」

中から出てきたのは、少し息を切らしている東雲さんだ。

そんなに慌てて出てこなくてもよかったのに……。

「急にごめんね、東雲さん」

「ごめんなさい、東雲さん」

俺とシャーロットさんは二人して謝った。

急に平日の夕方に家を訪れるなど、彼女からしたら迷惑だろう。

しかし、東雲さんは首を左右に振った。

「うぅん……いいよ……。それよりも……驚いた……？」

これは、ボロ家に驚いたか聞かれているのだろう。

ここで正直に答えるのは失礼な気もするが、おそらく気を遣って嘘をついたところですぐにバレる。

下手《へた》に嘘をつくのは信頼関係に影響を及ぼすため、必要な時以外は嘘をつかないほうがいいはずだ。

「少しだけ、かな。それよりもこれが猫のぬいぐるみなんだけど、直せそう？」

俺は正直に頷《うなず》いた後、彼女が気にしないようすぐに話を逸《そ》らした。

エマちゃんが寝ているのにもかかわらず猫のぬいぐるみを放そうとしないため、俺はエマちゃんごと猫のぬいぐるみを東雲さんに見せる。

「うん……綺麗《きれい》に取れかけているから大丈夫……。これは多分……縫い目が元々弱くなっていたんだろうね……。そうじゃないと……こんな綺麗には取れないから……」

さすがというか、ぬいぐるみを見た後の判断は早かった。

確かに言われてみれば、ぬいぐるみの耳は異様に綺麗な取れ方をしている。

普通無理な力で引っ張られたものだと、縫っている部分の周りの生地も一緒に千切《ちぎ》れるものだが、このぬいぐるみは縫われていたであろう部分だけが取れていた。

東雲さんの言う通り、縫っていた糸が元から弱くなっていたのだろう。

新品だったはずだが、ちょっと不運なものを手に入れてしまったようだ。

だからこそ、まだ力がほとんどないエマちゃんとクレアちゃんの引っ張り合いで千切れてしまったのかもしれない。

「よかった。任せても大丈夫かな？」

「うん……。でも……」

東雲さんは何か言いたそうにエマちゃんへと視線を移す。

猫のぬいぐるみを渡してくれないと直せない、と言いたいみたいだ。

この状態でも直せないわけではないが、やりづらいだろうし、何よりエマちゃんが起きてしまうと危ないから放させたいのだろう。

俺はゆっくりと丁寧《ていねい》に――そして、痛くないようにエマちゃんの指を一本ずつ猫のぬいぐるみから放させた。

起こさなかったのは、エマちゃんにとって東雲さんはよく知らない人のため、猫のぬいぐるみを渡すことに抵抗を見せるかもしれなかったからだ。

それに……多分、寝起きは機嫌が悪いだろうから。

だから起こすことは避けた――つもりだったのだが……。

『……んっ……？　あっ……ねこちゃん……！　ねこちゃん……！』

上手《うま》く指を外させられなかったのか、それとも今まであった猫のぬいぐるみがなくなった違和感に気が付いてしまったのか、寝ていたはずのエマちゃんが目を覚ましてしまった。

そしてまだ目の前には東雲さんがいたため、彼女から猫のぬいぐるみを取り返そうと両手を目一杯に伸ばしている。

東雲さんは怯《おび》えてエマちゃんに返そうとしたが、俺がエマちゃんの手ごと抱きしめてそれを阻止《そし》した。

そのせいで、エマちゃんが《どうしてとめるの……？》とでも言いたげな表情で俺の顔を見上げてくる。

だから俺は、安心させるように笑顔をエマちゃんに返した。

『このお姉ちゃんが猫ちゃんを直してくれるから、猫ちゃんを貸してあげてくれる？』

『……んっ』

どうやら俺の言葉を信じてくれたようで、エマちゃんは少し考えた後、小さく頷いておとなしくなった。

素直に言うことを聞いてくれたエマちゃんの頭を撫《な》でて褒《ほ》めてあげると、『えへへ』と嬉しそうに笑って後頭部を俺の胸に擦りつけてくる。

エマちゃんにとってはこれも甘えているつもりなのだろう。

「何を言ったのかはよくわからないけど……青柳君はやっぱり凄《すご》いね……」

「本当に、いつも思います……」

声に反応して顔を上げれば、東雲さんとシャーロットさんが口元を緩《ゆる》めて俺を見ていた。

なんだか気恥ずかしい。

「それにしても……ちょうどよかった……」

「何が？」

「私も……青柳君にお話ししたいことがあった……」

東雲さんの言葉に反応すると、なぜか彼女は少し照れくさそうに俺の顔を見てきた。

そして、シャーロットさんが驚いたように東雲さんを見ている。

「お話って？」

「後でさせてほしい……。とりあえず、中にどうぞ……」

なんの話か気になるのだけど、どうやら東雲さんはまだ話すつもりがないらしい。

だから、お言葉に甘えてお邪魔させてもらうことにした。

「おじゃまします」

「うん……改めて……いらっしゃい……」

俺たちは東雲さんの後に続きながら、挨拶《あいさつ》をして彼女の家の中に入る。

中も外同様結構古びているのだが、ほこりなどは落ちておらず綺麗にされていた。

「――あれ、お友達？　華凜がお友達を連れてくるなんて珍しいね」

東雲さんの後をついて歩いていると、すぐに女の人が部屋から出てきた。

身長は東雲さんより少し大きく、歳《とし》も俺たちより少し上だろうか？

東雲さんと違って、前髪で目を隠しておらず、とてもかわいい女性だ。

多分、東雲さんのお姉さんだろう。

「――っ!?」

しかし、お姉さんはなぜか俺の顔を見ると、綺麗な顔を驚いたように動揺《どうよう》を示すものへと歪める。

いったいどうしたのだろうか？

「か、華凜、あなたもしかして……。困るよ……！　まだ確証が取れてないのに……！」

「ううん、大丈夫……。たまたま来ただけだから……」

なんだか東雲さんとお姉さんはコソコソと話を始めてしまう。

何を話しているのかはわからないけど、隣に立っているシャーロットさんが少し怪訝《けげん》そうな表情をしていた。

「どうしたの？」

彼女の表情が気になり俺は尋ねる。

しかし、シャーロットさんは首を左右に振った。

「いえ……私もよくわかりませんので……」

何が彼女の中で引っ掛かっているんだろう？

そんな疑問を抱いていると、東雲さんたちの会話も終わったようだ。

「とりあえずお母さん、ぬいぐるみを直すだけだから居間を使うね……」

「――――っ!?」

お母さん……？

お姉さんの間違いじゃなくて……？

最後に東雲さんが俺たちにも聞こえるような大きさで言った言葉に、俺とシャーロットさんは戸惑ってしまった。

「どうしたの……？」

「いや、えっと……」

俺たちの様子を見て不思議そうに東雲さんが尋ねてくるが、俺は聞いていいのかどうか悩んでしまう。

だけど、年齢の話とかは失礼になるので、グッと呑《の》み込んだ。

それに多分、聞き間違えではないから。

「ううん、なんでもないよ」

「そう……？　ならいいけど……」

純粋な東雲さんは、俺が誤魔化《ごまか》したことに対して何も思っていないようだ。

だから、下手《へた》なことは言わずに頷いておいた。

すると、今度は東雲さんのお母さんが口を開く。

「よく来てくれたね。狭いところだけど、どうぞゆっくりしていって」

お母さんは笑顔を俺たちに向けた後、俺たちから距離を取るように台所らしきところに入ってしまった。

なんだか、違和感のある笑顔だった気がする。

「ママ……仕事で疲れてたのかも……。気にしないで居間に行こう……」

俺は東雲さんのお母さんの笑顔が気になったが、東雲さんが部屋に向けて歩き出してしまったので、何も言わずに後に続くのだった。

◆

『おにいちゃん、おにいちゃん！　ねこちゃん！』

エマちゃんが凄く嬉しそうに見せてきたのは、俺がプレゼントしたぬいぐるみではない。

ぬいぐるみを直す間暇だろうからということで、東雲さんがエマちゃんにプレゼントしてくれたものだ。

もちろんこれも東雲さんの手作りで、見た目がとても精巧《せいこう》に作られている。

生地はフワフワで触り心地がいいし、中にもちゃんと綿を詰めているみたいで抱き心地もいい。

おかげでエマちゃんはすっかりご機嫌だ。

一つ気になったのは、東雲さんが連れてきてくれた居間には他にもたくさんのぬいぐるみがあることだ。

正直、ぬいぐるみにお金をかける余裕なんてないと思うのだが……？

「――ねぇ、東雲さん」

聞いてもいいか迷った末、彼女が嫌な思いをしないよう遠回しに聞くことにした。

「んっ……？　どうしたの……？」

「随分《ずいぶん》とぬいぐるみがあるけど、これって全部手作り？」

「あっ……八割くらいかな……。残りはお隣でぬいぐるみを作ってる……お姉さんがくれたもの……。ぬいぐるみを作る材料も……お姉さんがお店で使えなくなった分をくれてるの……」

なるほど、お隣のお姉さんがくれているから材料費はほとんどかからないのか。

費用がかかるとすれば、糸代や針代くらいだ。

エマちゃんがもらった猫のぬいぐるみをよく見てみれば、微妙に生地が違うものが縫《ぬ》い合わされている。

不要になった生地を分けてもらっているだけだから、おそらくぬいぐるみ一つを作るのには材料が足りないのだろう。

生地の触り心地や色合いが似たものを使って、目立たないようにしているようだ。

縫い目もできるだけ目立たないようぬいぐるみの毛に隠れるように縫われているし、随分と器用な子だな。

「あっ、そうだ。ぬいぐるみを直す材料を買わないといけないと思ってたんだ。東雲さんと買いに行ったほうがいいと思うんだけど、お隣さんで一緒に選んでもらえないかな？」

今回はおそらく糸だけだろうけど、東雲さんに負担をかけるのが申し訳なくて俺はそう提案をする。

余った分に関しては東雲さんにあげたらいいだろう。

しかし――。

「材料……いっぱいあるよ……」

東雲さんは俺の言葉に首を左右に振って、押し入れからたくさんのぬいぐるみの生地を取り出した。

なんでこんなにあるのかってくらい本当にたくさんの生地がある。

「お姉さんよくくれるから……蓄《たくわ》えてるの……。おかげで今は……材料に困らない……」

嬉しそうに東雲さんは言っているが、これは本当に全てお店で余った分なのだろうか？

中には、お姉さんが嘘をついて自分で買ったものを東雲さんにあげている気がする。

そうじゃないと、これほどの生地が余ることはないだろう。

どうやらとても優しいお姉さんと知り合いのようだ。

そしてそのお姉さんは、東雲さんのことを気に入っているのだろう。

じゃないと、こんなふうにものをくれたりはしないだろうからな。

「でも、それは東雲さんのぬいぐるみ作りに使うものだよね？　俺たちは自分で買う――」

「そもそも……生地……いらないよ……」

「……………」

このまま押し切ろうとした俺だけど、東雲さんに肝心《かんじん》な部分を指摘されてしまった。

本当は直してもらうお礼に糸を自然な形でプレゼントしたかったけど、この様子なら無理そうだ。

「青柳君……意外と……おっちょこちょい……」

そんなことを考えていると、俺が見落としていたと勘違いされて東雲さんが少し楽しそうに頬《ほお》を緩めた。

笑われてはいるのだけど、別に嫌な気持ちはしない。

悪意のこもった馬鹿にするような笑顔で笑っているのではなく、親しみやすい受け入れてくれるような笑顔で東雲さんが笑っているからだ。

前髪で目を隠していてもこういう笑顔がクラスでできるのなら、クラスメイトたちも彼女を受け入れるんだけど……。

まぁそれも、一つハードルを越えればすぐかもしれない。

「それじゃあ、始めるね」

「うん、よろしく」

裁縫《さいほう》道具を準備した後、東雲さんによるぬいぐるみの手術が始まる。

東雲さんはまち針で耳を固定した後、すぐに針に糸を通して縫い始めた。

やはりさすがと言えばいいのか、東雲さんの手付きは慣れたものでどんどんとぬいぐるみを縫っていく。

急いでやっているわけではなく、むしろ丁寧《ていねい》に縫っているのにもかかわらず作業が速く見えるのは、彼女の動きに一切の無駄がないからだろう。

見ていてとても勉強になる。

――とはいっても、取れかけた耳を縫いつけるだけだったので、東雲さんの作業はあっさりと終わってしまった。

ぬいぐるみを縫ったことはなかったから覚えたかったんだが、また次の機会にでも教わってみよう。

「青柳君……熱心に東雲さんを見られておられました……。もしかして……」

「――っ!?　な、何!?」

なんだか寒気がしてシャーロットさんを見ると、彼女は物言いたげな目を向けてきていた。

いったい何を拗《す》ねてるんだ……!?

「えっと……俺は、東雲さんの縫う技術を見て学んでいただけだよ……?」

俺は冷や汗をかきながら東雲さんを見つめていた理由を話す。

すると、シャーロットさんは不思議そうに首を傾《かし》げた。

「見て学ぶ、ですか……?　所謂《いわゆる》、技術を見て盗めというやつでしょうか?」

「まぁ、そうだね。上手《じょうず》な人がやってることはまず見て学ぶ。それから自分で実際に試してみて、真似《まね》するかどうか決めたり、調整したりするんだ。人それぞれ体格が違うから、そのまま真似しても上手《うま》くいかないことのほうが多いしね」

本当は教わるのが一番なんだろうけど、誰もが丁寧に教えてくれるかと言われれば、そうではない。

意地悪をして教えてくれない人もいれば、嘘を教える人だっているだろう。

特に社会人は職人気質《かたぎ》の人が多く、背中を見て学べと言われると聞いたことがある。

だから俺はまず、手本になる人がいれば見て学ぶようにしていた。

それから、人柄によって聞いてみたり、自分で模索したりする。

「明人君って本当に凄《すご》いですよね……」

「褒《ほ》められても何もでないけど……」

俺は照れくさくなり、逃げるようにして東雲さんに視線を戻した。

「んっ……。エマちゃん……どうぞ……」

俺とシャーロットさんが話している間に糸などの後片付けを終えた東雲さんが、エマちゃんに猫のぬいぐるみを差し出した。

先程は驚いただけであって、別にエマちゃんのことは怖くないようだ。

……まぁ幼女を怖がられたら、もう手の打ちようがないのだが……。

『ねこちゃん……！　ありがと……！』

おそらくエマちゃんは東雲さんの言葉を理解していないだろうけど、自分の前にぬいぐるみが差し出されたことで嬉しそうに受け取った。

きちんとお礼が言えるなんて偉い子だ。

エマちゃんの頭をよしよしと撫《な》でてあげると、また嬉しそうに後頭部を擦りつけてくる。

そんなエマちゃんは、大事そうに二つの猫のぬいぐるみを抱きしめていた。

どうやら東雲さんからもらった猫のぬいぐるみも気に入ったようだ。

「それじゃあ、ぬいぐるみが直ったから……私の話を聞いてくれる……？」

こっちの用事が終わったからか、東雲さんはそう切り出してきた。

先程言っていた、話したいと言っていたことだろう。

「うん、いいよ」

「ありがとう……それじゃあ、シャーロットさんには……先に帰ってもらったほうがいいと思う……」

まさかシャーロットさんに先に帰るように言うとは思わず、俺とシャーロットさんは驚いて東雲さんの顔を見る。

特に、シャーロットさんが納得いかなそうな様子だ。

「私がいると、不都合なのでしょうか……？」

「えっと……仲間外れにしたいわけじゃないの……。ただ……あまり他人に知られるのはよくないっていうか……私はいいんだけど……青柳君が嫌な思いをするかもだから……」

俺が嫌な思いをする？

もしかして、中学時代のことか……？

でも、なんで東雲さんがそんなことを……？

俺はそう疑問を抱かずにはいられないが、想像通りなら確かにシャーロットさんに聞かれたくはない。

だけど――。

「あの、青柳君……私は、ご一緒しては駄目でしょうか……？」

シャーロットさんは、弱々しく俺に確認をしてきた。

自分でも踏み込みすぎているとわかっていながら、聞いてきているのだろう。

「…………」

俺はシャーロットさんの目を見つめる。

すると、彼女も俺の目を見つめ返してきた。

そのまま数秒が経ち――俺はゆっくりと息を吐く。

「うん、シャーロットさんがいる状態で話してもらっていいよ」

彼女の目から興味本位で聞きたがっているわけじゃないと判断した俺は、この場に残ってもらうことにした。

すると、東雲さんは困ったように俺とシャーロットさんの顔を交互に見ながら、口を開く。

「ほ、本当にいいの……？　後悔《こうかい》、しない……？」

「聞いてみないとなんとも言えないけど、まぁ聞かれて後悔するようなことがあるなら、それは俺のせいだから」

いい加減、シャーロットさんに隠し続けるのは終わりにしないと駄目だろう。

本当に彼女と前に進みたいなら、後ろめたい過去を隠し続けるのは良くない。

「わかった……」

俺の覚悟が決まっていることを理解してくれたのか、東雲さんはゆっくりと立ち上がった。

そして、タンスの上にあった写真立てを手に取り、俺とシャーロットさんに見せてくる。

「この男の人……心当たりない……？」

東雲さんがそう聞いてきた写真には、幼い頃の東雲さんと、東雲さんのお母さん。

そして、一人の男性が写っていた。

その男性について、東雲さんは俺たちに尋ねてきている。

いや、心当たりがあるとかの話じゃなくて、この人って……俺……？

「あっ、この人……体育祭の……」

どうやら、シャーロットさんにも思い当たる節があるようだ。

それもそのはずなのだけど――体育祭という単語が俺には引っ掛かる。

「体育祭って？」

「えっと……一昨日の体育祭で、この方に話しかけられたんです……。もしかして、東雲さんのお父さんだったのでしょうか……？」

知らない間に、シャーロットさんはこの写真の人物と接触していたようだ。

やっぱり、実在する人なのか……。

「うん、そうだよ……。お父さんから、シャーロットさんと話したってことは聞いた……」

「どうしてシャーロットさんに話しかけたの？」

「それは……」

東雲さんはチラッとシャーロットさんを見る。

するとシャーロットさんはバツが悪そうに視線を逸《そ》らした。

いったいなんの話をしたんだろう？

「お父さんね……青柳君の下の名前を、シャーロットさんに聞いたの……」

「なんでそんなことを……？」

「それは――」

東雲さんが続きを話してくれようとした時、ガラッとドアが開いた。

そこには東雲さんのお母さんが立っており、真剣な表情で俺たちを見ている。

「お母さん……？」

「話に入ってごめんね……。でも、内容が内容だから……そこからは、私とお父さんにお話しさせて……」

どうやらこの一件、東雲家全員が関わっているようだ。

高校に入るまで、俺は東雲さんと面識なんてなかったし、両親となんて今日まで会ったことがなかった。

だから普通に考えると、どうして両親が話に入ってくるのかわからない。

だけど、東雲さんに写真を見せられた俺は、一つだけ心当たりがあった。

凄く嫌な予感がし、できれば外れてくれと思う。

「青柳君……？」

嫌な汗が額を伝っていると、シャーロットさんが不安そうに見てきた。

「大丈夫」

俺はそう言って笑みを浮かべるが、ちゃんと笑えている自信がない。

なんで……なんで今頃……。

そんな思いすら浮かんできた。

だけど、確率としてはほとんどありえない。

だからきっと、俺の予感なんて外れている。

――俺は自分の感情をなんとか押しとどめながら、東雲さんのお父さんが帰ってくるのを待つことになるのだった。

◆

「――初めまして、華凜の父です」

東雲さんのお父さんは居間に入ってくると、そう挨拶《あいさつ》をしてきた。

ちなみに現在この場には、俺とシャーロットさん、そして東雲さんと東雲さんのご両親がいる。

エマちゃんに関しては、待ちくたびれて寝てしまった。

「初めまして、青柳と申します」

俺は警戒をしながら頭を下げる。

すると、東雲さんのお父さんは今度はシャーロットさんに視線を向けた。

「こんばんは、ベネットさん。この前は唐突《とうとつ》に話しかけてごめんね」

「いえ……私こそ、嘘を吐いてしまい申し訳ございません……」

その嘘とは、東雲さんのお父さんが帰ってくる前にシャーロットさんから聞いた。

どうやら彼女は、俺の下の名前を聞かれたことを不審に思い、嘘を吐いてその場を凌《しの》いだようだ。

俺のことを考えての行動なので、責めるようなことではない。

「うぅん、警戒されて当然だから仕方ないよ。それよりも、長く待たせてしまったようだし、さっそく本題に入ろうか」

東雲さんのお父さんはとても優しげな感じだ。

率直《そっちょく》に好印象を抱く。

やはり、俺の思い過ごしで偶然が重なっただけなのだろうか……？

そう思ったのだけど――。

「青柳君、君は養護施設出身だよね？」

どうやら、悪い予感は的中したらしい。

「青柳君が、養護施設出身……？」

シャーロットさんはまるで信じられないものでも見るかのような目で、俺の顔を見てくる。

今まで隠していたことなのだから、驚くのも無理はない。

「そうですが、それが何か？」

俺は若干苛立《じゃっかんいらだ》ちを覚えながらも、なんとか感情を制御して東雲さんのお父さんを見る。

すると、彼は続けて質問をしてきた。

「名前は明人《あきひと》で、誕生日は十一月十一日。血液型はA型で間違いないかい？」

どうやら、向こうは確証を得ようとしているらしい。

そのための確認をしているのだろう。

「ええ、合っています」

「やはり……」

東雲さんのお父さんは口元に手を当て、真剣な表情で考え始める。

その間に周りの様子を見てみれば、シャーロットさんは戸惑ったように俺の顔を見つめており、東雲さんのお母さんは申し訳なさそうにしている。

そして、東雲さんはとても嬉しそうに俺の顔を見ていた。

東雲さんのお母さんと東雲さんを見るに、間違いなく俺の予感は当たっているだろう。

「シャーロットさん、今のうちに帰ったほうがいいかもしれない」

これ以上は彼女に聞かせないほうがいい。

そう判断した俺は、自然と口からその言葉が出ていた。

「青柳君……私にいてほしくないのですか……？」

俺の言葉を拒絶と捉えたのか、彼女は不安そうに俺の顔を見てくる。

そんな彼女に対し、俺は首を左右に振った。

「そういうわけじゃないけど……多分、君が聞くとショックを受ける内容だと思うから」

優しい彼女だと、赤の他人である俺のことでも気に病んでしまうだろう。

だから、この場からいなくなってもらったほうがいい。

しかし――。

「青柳君が嫌でなければ、このままいさせてください……」

彼女は、帰るつもりはないようだ。

「……うん、わかった」

シャーロットさんがはっきりと自分の思いを言ってくれたので、俺は彼女に残ってもらうことにした。

それに――彼女がいてくれたほうが、俺も取り乱さずに済む。

「青柳君……いや、明人君」

俺がシャーロットさんに視線を向けていると、東雲さんのお父さんはわざわざ俺の下の名前を呼んできた。

そして、大きく深呼吸をして口を開く。

「急にこんな話をしても混乱させるとは思うけど――私は、君の実の父親だよ」

「えっ……？」

東雲さんのお父さんの言葉を聞いて声を発したのは、俺ではなくシャーロットさんだった。

「あの、どういうことですか……？」

動揺《どうよう》を隠せないシャーロットさんが、状況を理解できずにそう尋ねる。

「話は、明人君と華凜が生まれた頃に戻るんだけど、二人は二卵性の双子で生まれたんだ」

「青柳君と、東雲さんが双子……？」

シャーロットさんは俺と東雲さんを交互に見る。

しかし、どうにも信じられない様子だ。

俺と東雲さんがあまり似ていないからだろう。

二卵性ということだから、顔が似てなくても不思議じゃない。

「そう、双子だよ。しかし……当時私は、友人の借金の連帯保証人になったせいで、逃げた友人の代わりに莫大《ばくだい》な借金を抱えていた……。だから、二人も育てる余裕がなかったんだ……」

「それで、青柳君を養護施設に……？　しかし、青柳君がその養護施設に預けられた子供と同じとは……」

「預けられた？　違うよ。赤ん坊の頃に段ボール箱に入れられて、養護施設の前で置き去りにされたんだ」

「――っ！」

　俺が補足すると、シャーロットさんは信じられないものを見るかのような目で東雲さんの両親を見る。

　東雲さんもそこまでは聞いていなかったのか、驚いているようだ。

　しかし、東雲さんの両親は否定しない。

「笑えるのは、俺の入っている段ボール箱と一緒に紙が入っていたことだ。そこには、何が書いてあったと思う？」

「……下の名前と誕生日……それに、血液型ですか……？」

「さすがだね、正解だよ」

　頭がいいシャーロットさんには、話の流れでわかったのだろう。

「なんでそれで、捕まっていないのですか……？」

　子供を捨てたら犯罪。

それは至極《しごく》当然な裁きだ。

それなのにこの両親は捕まっていないのだから、シャーロットさんが疑問に思うのも不思議ではない。

「詳しくは知らないけど、俺がいた施設の人がどうにかしたみたいだね。それに、借金に困ってたってことだし、俺や東雲さんが産まれたのは病院じゃなく自宅なんじゃない？」

預けられた経緯なんて、詳しく聞いていない。

ただ施設の人に言われたのは、名前や誕生日をわざわざ書いてくれるなんて、親はあなたを愛しているけど、やむを得ない事情で育てられなくなったのかもしれない、ということだ。

俺が人を恨むような人間にならないよう、そう言い聞かせていたのだろう。

それに自宅で産んでいるのなら、双子を産んだとしても隠せるかもしれない。

まぁその辺に関しては、実際どうだったかはわからないのだが。

「実際、私たちは君を愛していた……。だから、紙に名前や誕生日を書いたんだ……」

彼の誠実な態度を見る限り、嘘は言っていないのかもしれない。

だけど、俺を捨てた事実は変わらない。

そのせいで、俺がどれだけ酷《ひど》い目に遭《あ》ったのか——。

「それで、その話を今更してどうするんですか?」

俺は淡々と、それを問う。

まさかただ捨てた理由を話したかった、というわけでもないだろう。

「実はね、少し前に借金を全て返し終えたんだ。だから――私たちと、もう一度暮らそう」

「――っ!」

それは、できれば一生聞きたくない言葉だった。

子供を捨てておいて、どの面《つら》を下げて言っているのか。

まさかとは思うけど、俺に恨み一つ抱かれていないと思っていることはないよな?

「青柳君……」

怒りが俺の体を巡っている中、ふと聞こえてきた声で我に返る。

見れば、シャーロットさんが不安そうに俺の顔を見ていた。

駄目だ、彼女にみっともない姿は見せられない……。

「あ、あの、青柳君……!」

怒りをなんとか鎮めようとすると、東雲さんが俺の前に体を出してきた。

おとなしい彼女にしては、珍しい行動だ。

「何……?」

「わ、私、嬉しかったの……! 青柳君がお兄ちゃんだってわかって……! だから、私たち

と一緒に暮らそ……！」

東雲さんは良くも悪くも純粋だ。

純粋に、俺が兄だと知って喜び、そして家族になれたら幸せになれると信じている。

おそらくそれ以外の要因に関しては、考えてすらないんだろう。

「……ごめん、少しだけ考える時間がほしい」

本当ならすぐに断りたいところだったけど、今答えれば怒りをぶつけてしまいそうだった。

シャーロットさんや東雲さんがいなければそれでもよかったけど、さすがに彼女たちがいるところではできない。

何より、こんなに嬉しそうにする東雲さんの期待は裏切りたくなかった。

くそ……。

「もう帰ろう」

俺は隅で寝ていたエマちゃんを抱き上げ、シャーロットさんに笑いかける。

すると、シャーロットさんは目を大きく見開き、物言いたげな表情を東雲さんの両親に向けた。

「なんで、そんな酷いことをして――」

「シャーロットさん、もういいから。とりあえず、明日も学校だし帰ろう」

「……はい」

シャーロットさんの腕を摑《つか》むと、彼女は渋々頷《うなず》きながら言葉を止めてくれた。

そして、部屋を出ようとする俺の後をついてきてくれる。

それからのことはよく憶えていない。

ただ、気が付けば家に着いていた。

「青柳君、あの……」

「ごめんね、少し一人にさせて」

「あっ……」

シャーロットさんはまだ何か言いたそうだったけど、俺はエマちゃんを彼女に預けて自分の部屋の鍵《かぎ》を開け、中に入った。

そして、ドアを閉めると――ドアにもたれた状態でズルズルと音を立てながら、座り込む。

「なんで、今更……」

俺は嫌な記憶を思い出しながら、そのまま目を閉じるのだった。

第六章「支えあえる関係へ」

東雲《しののめ》さんの家から帰った後、私はどうしたらいいのかわからなくなりました。

まさか青柳《あおやぎ》君に、ご両親に捨てられた過去があったなんて……。

清水《しみず》さんがおっしゃっていた青柳君の過去が凄《すご》く重たいものというのは、こういうことだったんですね……。

その上突如親として名乗り上げるなんて……きっと、青柳君のショックはとても大きいはずです。

帰り道に話しかけても、心ここにあらずという感じでしたし……。

明日から、元気になってくだされればよいのですが……。

――そんな私の願いは空《むな》しく、翌日からも青柳君は様子がおかしかったです。

私どころか、エマが話しかけても聞いているのかどうかわかりませんでした。

挙句《あげく》――。

「ごめんね、シャーロットさん……少しの間、一人にさせてほしい」

水曜日になりますと、私とエマに部屋へこないようにおっしゃられました。

まるで、周りを拒絶しているかのような態度です。

「――シャーロットさん」

「清水さん……？」

青柳君に距離を取られた次の日の昼休み、清水さんが私に声をかけてこられました。

「大丈夫？」

「えっ……？　はい、大丈夫ですよ……？」

「全然大丈夫なように見えないんだよねぇ」

私の返事を聞くと、清水さんは仕方がなさそうに笑みを浮かべました。

そして、ソッと優しく私の手を握ります。

「し、清水さん、何を……？」

「今日は二人きりで食べようよ。何か、悩みがあるんでしょ？」

「あっ……」

この人はどうして、こんなにも察しがいいのでしょうか……。

「誰かに話したら楽になることもあるよ。それに、協力するって言ったでしょ？」

彼女はニコッと笑みを浮かべて、そう言ってくださいました。

私の悩みが青柳君だということも理解されているようです。

……彼女は、青柳君についても詳しいんですよね……。

「お願いしてもよろしいでしょうか……？」

「うん、もちろんだよ……！」

清水さんが快諾《かいだく》してくださったことで、私たちはお弁当を持って場所を移すことにします。

私がいると目立つということで、清水さんは花澤《はなざわ》先生に空《あ》き教室の鍵《かぎ》を借りてくださったのですが、奇《く》しくもその教室は体育祭の日に青柳君たちと借りたところでした。

「とりあえず聞きたいんだけど、青柳君にいったい何があったの？」

椅子《いす》を用意して弁当箱を開けると、早速清水さんがそう聞いてこられました。

やはり、青柳君の様子が変だということに気が付いておられるようです。

「その前にご確認をさせて頂きたいのですが……清水さんは、青柳君の出自などのことをご存じなのですよね……？」

これから話すことは、青柳君のプライベートに関することです。

迂闊《うかつ》に話していいことではないので、慎重に進めようと思っております。

「なるほど、そういう聞き方をしてくるってことは知ったんだ？　彼が、養護施設出身だということを」

どうやら、前におっしゃられていたように、青柳君の過去についてはしっかりと知っておられるようです。

それでは、もう少しだけ踏み込んでみましょう。

「はい……偶然と申しますか、思わぬ機会があり知りました。清水さんは、どうして養護施設に入ることになったのかも、知っておられますか……？」

「知っているよ、親に捨てられたからでしょ？」

そう発する清水さんの声は、まるで吐き捨てるかのような感じの言い方でした。

気に入らない、というのが伝わってきます。

彼女の情報源は確か、西園寺《さいおんじ》君と従兄《いとこ》さんだとおっしゃられていました。

青柳君に近しかった二人から聞いたことで、詳細まで知っておられるのでしょう。

ここからは……いくら清水さんでも、知らない情報になります。

少しだけ、これ以上踏み込むことに躊躇《ためら》いが生まれてしまいました。

「驚かないってことは、やっぱりシャーロットさんもそこまで知っていたんだね？　そして、青柳君に何か起きてることに関しての話でこの話が出てくるってことは……だいたい絞《しぼ》れてくるよ」

清水さんはそこまで考察し、私の目を見つめてきました。

彼女なら、確信を得られないまでもこれだけの情報で、いったいどんなことが起きたのか想像がつくのかもしれません。

しかし、その説明は私の口から聞きたいようです。

「もし、清水さんが……自分を捨てた親と急に会ってしまった場合、どう思われますか？」

私は直接言葉にせず、まず彼女の考えを尋ねます。

すると、清水さんは呆《あき》れたような表情で口を開かれました。

「罵詈雑言《ばりぞうごん》を浴びせる」

お答え頂いた内容は、思っていたものとは違いました。

と言いますか、ちょっと怖いです。

「まぁ、やっぱりそういうことかぁ。でも、年月が経ってからだと、捨てた子供だなんてことは分からないと思うけど……。青柳君がいた養護施設なんて、三年前になくなってるし……」

養護施設が既にない……？

それは知りませんでした……。

「まぁ、どうして見つかったかなんて考えてもわからないかぁ。それよりも、顔を合わせてしまったことで青柳君が取り乱してしまったの？　だから二人は気まずくなってたり？」

「いえ、違います……」

清水さんが考えられたパターンは違ったので、私はそのことを正直に言います。

青柳君は取り乱すどころか、自分の怒りを懸命に抑えようとしているように見えました。

彼が感情的になることなど、よほどの事態でしょう。

「う～ん、じゃあどうして青柳君はあんな心ここにあらずって状態になってるの？　正直、捨てた親が現れたとはいえ、それだけで彼があそこまでなるようには思えないんだけど？」

「実は……一緒に暮らそうって言われまして……」

「はぁ!?　ふざけてるの!?」

よほど頭にこられたのか、清水さんは怒鳴ってしまわれました。

目も見開いており、少し怖いです。

「やっぱり、そのような気持ちになりますよね……」

「当たり前だよ……！　十数年間ほったらかしておいて、今更何言ってるの……！　私だったら、思いっ切り頰《ほお》を引《ひ》っ叩《ぱた》いてるかもしれない！」

清水さんは意外と血の気が多いようです。

「まぁでも……そっか、そういうことだったんだね……」

「青柳君、答えに悩んでいるようで……だから多分、心ここにあらずになってるんだと思います……」

「悩んでる……？　迷わずに突き放しそうな気がするけど……」

どうやら清水さんは私の言葉に疑問を持たれたようで、怪訝《けげん》そうに首を傾《かし》げていました。

「まぁ、シャーロットさんがその場にいたんだったら……。いや、でも、それならシャーロットさんと離れた後に断ればいいだけよね……？」

何やら清水さんは自問自答されているようです。

しかし、答えが出たのか、困ったように笑みを浮かべました。

「まぁ、青柳君優しいから、断れないのかもしれないね」

どうやら清水さんは、青柳君が答えを出せない理由を、優しい彼が親のことを考えて拒絶できないんだろう、と考えたようです。

「私、今の青柳君を見ていると辛《つら》いです……。ですが、どう声をかけたらいいかもわからなくて……」

私は正直に自分が思っていることを伝えます。

するると、清水さんは少し考えられた後、ゆっくりと口を開かれました。

「シャーロットさんと青柳君の今の関係って、何？」

「えっ……そ、それは……」

私は答えていいのかどうか、悩んでしまいます。

同時に、顔が凄く熱くなりました。

そんな私を見て清水さんは首を傾げますが、それ以上何も聞いてはきません。

ふと、私は青柳君が西園寺君に私たちの関係を話しているのではないか、ということを思い出しました。

西園寺君に話してるなら……私だって……。

「こ、恋人です……」

した。

「………えっ？」

私が素直に答えますと、予想外の回答だったのか、清水さんは少し間を開けて首を傾げました。

「で、ですから、恋人なのです……」

「えぇえぇえぇえ!?」

もう一度答えますと、今度はとても大きな声を出して驚かれました。

それくらい、清水さんにとって予想外だったようです。

「う、嘘でしょ!?　い、いつから!?」

どうやら清水さんはまだ信じられない様子です。

そのため、私は成り行きを簡単に説明したのですが――。

「呆れた……」

話し終えると、清水さんは言葉通り呆れているような表情を浮かばれました。

「な、なんでですか……？」

「いや、それ本当に恋人なの？　青柳君は恋人だと思ってるわけ？」

清水さんにしては珍しく、少しきつい言葉遣いです。

「い、いえ、あの……あ、青柳君はとても賢い方なので、私が母親代わりをして、青柳君が父親代わりをするということは、疑似《ぎじ》的な夫婦であり、つまり恋人だということは理解して頂けるかと……」

私は見慣れない清水さんの様子に動揺《どうよう》しながら説明をします。

すると、清水さんは溜息を吐かれました。

「はぁ……正直シャーロットさんたちの恋愛だから私が口を出すのもどうかと思うけど、それって青柳君が可哀想《かわいそう》じゃない？　確かに彼ならシャーロットさんの思ってる答えに辿《たど》り着けると思う。でも、確信は持てない。体育祭の練習の時変だとは思ったけど、彼が距離感を摑《つか》めないような態度を取っていた理由って、そのせいだと思うよ？」

おそらく清水さんは怒っておられるのでしょう。

声を若干《じゃっかん》荒らげております。

「というか、本当はシャーロットさんも、青柳君が恋人だと確信できてないってことに気付いてるよね？　だから、呼び方を変えることができないし、自分からも踏み込めていない。もし呼び方を変えたり恋人のようなことをしようとした時に、関係をはっきりされるのが怖いんじゃない？」

清水さんはジッと私の目を見つめてきます。

どうやら、私の考えていることなんてお見通しのようです。

「………だって……もし青柳君にちゃんと告白をして断られたら……私、もう生きていけませんもん……」

心の底に隠していたことを見破られた私は、気が付けば口から本音が漏《も》れていました。

私だって、本当はちゃんと告白をしたかったです。

でも、いざとなったら関係が壊れるのが怖くなりました。

ですから、遠回しの告白という形を取ったのです。

「恋に臆病になるのはわかるよ。誰だって好きな人との関係が壊れるのは怖い。でもね――」

清水さんは優しい表情を浮かべると、ソッと私の頬に手を添えながら顔を近付けてきます。

「だからって誤魔化《ごまか》した関係で自分だけ満足していても、相手にちゃんと伝わっていないなら意味はないんだよ？　そんな関係、いつかは絶対に壊れる。本当に相手のことが好きなら、ちゃんと向き合わないとだめなんだよ」

彼女はそう言って、優しく私の頬を撫《な》でてきました。

先程までの態度と一変したからか、それとも別の理由なのか――思わず胸が熱くなり、私の目からは涙が出てきました。

「ご、ごめんなさい……」

「わわっ!?　な、泣かないで……！　謝ってほしいわけじゃないの……！　ただ、青柳君とちゃんと向き合ってほしかっただけだから……！」

私が泣き始めたせいで、清水さんは凄《すご》く慌ててしまいます。

私はすぐにハンカチを取り出して目元を拭きながら、再度口を開きました。

「私、青柳君のことが凄く好きなんです……。でも、だからこそ……関係をはっきりさせるのが怖いです……」

「シャーロットさん……。でも、それだと青柳君を助けることはできないよ……？」

「どうして、ですか……？」

「前にも言ったけど、青柳君の過去は凄く重たい。そして彼は、罪悪感と後悔《こうかい》の念に押し潰されそうになってるの。そんな彼に言葉を届けるには、彼と向き合って支えられる立場――恋人にならないと、無理なんだよ」

そう言う清水さんの声はとても優しかったですが、表情は悲しそうでした。

彼女が私に青柳君のことをお願いしてきたのも、そういうことだったのかもしれません。

確かに、私の言葉は彼に響いておりませんでした。

それは私たちが、ちゃんとした恋人ではなかった、からなのでしょう。

「私……青柳君を助けたいです……」

「だったら、勇気を振り絞《しぼ》って。大丈夫、告白がうまくいくことは私が保証するから」

「清水さん……」

どうして彼女がここまでしてくださるのか……不思議でした。

しかし、彼女が大丈夫だと言うのなら、本当に大丈夫な気がしてきます。

「ありがとうございます……私、ちゃんと告白をやり直そうと思います……」

「うん、頑張って」

私の答えを聞くと、清水さんは優しい笑顔で頷《うなず》いてくださいました。

そして、優しく頭を撫でてくださいます。

それからの私たちは、現在の青柳君の話に戻し――。

「正直、今回のことは青柳君が答えを出すしかないよ」

青柳君の家庭事情である以上、彼に答えを出してもらうしかないという結論になりました。

「そうですよね……」

私は歯がゆい状況に落ち込まずにはいられませんでした。

青柳君が私を拒絶したのも、一人で答えを出したいからなのでしょう。

外野がとやかく言えたことではありません。

しかし――。

「でもね、多分青柳君の中では答えが決まってると思うの」

清水さんは、また私の予想していないことを言ってきました。

「どうしてですか……？　答えに悩んで今の状況があるのでは……？」

「ごめんね、正直私も推測でしかないんだけど、自分を捨てた親なんて許せないと思うの。だから彼が答えを出せない本当の理由は、親を切り捨てるような冷たい人間だとシャーロットさんに思われたくないんじゃないかな？　だから、今距離を取ってるのかもしれない」

「私が、青柳君の足枷《あしかせ》に……？」

自分のせいで青柳君が悩んでいる。

そう聞いて、私は胸が苦しくなりました。

「こらこら、落ち込まないの。むしろそうなら、喜ぶべきだよ」

「なんでですか……？　好きな人の足枷になっているなんて、喜べませんよ……」

「彼にとって、シャーロットさんがそれだけ大切だってことだからだよ。だから、嫌われないために迂闊《うかつ》なことができないんでしょ？」

「あっ……」

清水さんが言いたいことがわかり、私は目から鱗《うろこ》の気分になりました。

青柳君は、私のことを大切に思ってくれて……。

「とりあえず、今シャーロットさんがしないといけないことは、自分の気持ちを彼に伝えることだよ。彼にとって良き理解者になり、かけがえのない存在になれば――きっと、状況はいいほうに一変するよ」

清水さんはそう優しく言ってくださり、私は覚悟を決めました。

その後は二人で仲良く食事をし、食べ終わると私は、職員室に帰る前にあるところへと電話をするのでした。

◆

「――おっ、おはようございます、青柳君」

約束の土曜日。

俺の部屋を訪れた彼女は、珍しくも一人だった。

「おはよう、シャーロットさん……エマちゃんはどうしたの？」

てっきり今日も三人で遊びに行くのだと思っていたので、俺は予想外の状況に戸惑ってしまう。

すると、彼女は恥ずかしそうに顔を赤く染め、指で髪を弄《いじ》りながらモジモジとして口を開いた。

「その……エマは昨日の夜に、お母さんのホテルに預けてきたんです……」

「お母さんのホテルに……？　どうして……？」

「わかりませんか……？」

俺が質問をすると、彼女は真っ赤に染めた顔で上目遣いをしながら見つめてきた。

「えっと……」

思わぬ仕草に、俺はたじろいでしまう。

「青柳君と……二人きりで、デートをしたいのです……」

「──っ⁉」

デート⁉

今デートって言った⁉

彼女の口から出てきた予想外の言葉に、俺は動揺《どうよう》を隠せない。

まさか、ここまではっきりと言うなんて……。

「だめ、だったでしょうか……?」

動揺したせいで俺が返事をできずにいると、シャーロットさんは悲しそうな目で見つめてきた。

こんなの、反則だ……。

本当は気が進まないため別日にしてもらうか直前まで悩んでいたのに、そんな思い一瞬でなくなった。

「ううん、嬉しい……。俺も、シャーロットさんと二人きりでデートがしたい」

気が付けば、自然とその言葉が口から出ていた。

俺は慌てて手で口を押さえて、シャーロットさんを見る。

すると、彼女は──。

「は、はい、喜んで……!」

とても嬉しそうに笑みを浮かべてくれていた。

――こうして二人きりでデートをすることになった俺たちは、そのまま外に出て並んで歩いていた。

そんな中、隣を歩くシャーロットさんはほんのりと頬《ほお》を赤く染めており、何かを期待しているかのようにチラチラと俺の顔を見上げる。

どうしたのだろうか、と思って視線を向けると、今度はモジモジとしだしてミニスカートの裾《すそ》や髪の毛を弄《いじ》り始めた。

もしかしてこれは、服装の感想がほしいのだろうか？

今の彼女は、白色のスウェットの上に紺《こん》色のデニムジャケットを羽織《はお》っており、下は黒のミニスカートを穿《は》いている。

思わず見とれてしまうくらいにかわいいのだけど……シャーロットさん、これ寒くないのだろうか……？

昼には暖かくなるだろうけど、まだ朝は若干《じゃっかん》冷えている。

ミニスカートだけでなく、ジャケットもなんだか薄そうに見えるため、少し心配になった。

「シャーロットさん、その服とても似合ってるね」

「あっ……はい、ありがとうございます！」

俺は寒そうだと思ったことは口にせず、素直に彼女の服装を褒《ほ》めた。

さすがにかわいいとまでは言えなかったけど、服装を褒めてあげると、シャーロットさんはとても嬉しそうに笑ってくれる。

どうやら正解だったようだ。

すると、シャーロットさんがソッと手を伸ばしてきて、俺の腕に抱き着いてきた。

「シャ、シャーロットさん……」

「せ、折角《せっかく》のデートですから……。それに、また顔を隠させて頂ければと……」

シャーロットさんはそう言うと、耳まで真っ赤に染めた顔を俺の腕に押し付けてくる。

気付けば、すれ違う人たちみんなが俺たちを見ていた。

は、恥ずかしい……。

そう思う俺だけど、シャーロットさんに抱き着かれていることは素直に嬉しいので、我慢をするしかないのだが。

「――それで……今日はどこに行くのでしょうか？」

駅前まで行くと、券売機の前で上目遣いのシャーロットさんが行き先を聞いてきた。

未だに頬が赤いのは、抱き着いてることを恥ずかしがっているのかもしれない。

「今日は倉敷《くらしき》に行ってみようと思うんだ。また遠くになってしまうけど、そこでショッピングでもどうかなって」

本当なら岡山《おかやま》駅の近くに日本全国で有名な大型ショッピングモールがあるのだが、さすがにそこは避けておきたい。

なんせそこは、その大型ショッピングモールの中でも西日本で一番大きいところなのだ。

そのせいで平日の放課後でも学生が多く集まるようなところなので、休日にシャーロットさんとそんなところに行ってしまえば、どうなるかは火を見るよりも明らかだろう。

前は帰り道だったことと、少しだけということで寄ったが、がっつり遊ぶ予定の今日は避けたほうが身のためだ。

「ショッピング、ですか……？」

女の子はショッピングが大好きだからてっきり喜んでもらえるかと思ったのだが、シャーロットさんはなぜか戸惑った表情を浮かべた。

もしかして女の子がショッピングを楽しむのは家族や女友達同士であって、男友達の場合は違うのだろうか？

「えっと……別のところのほうがよかった？」

「あっ、いえ……私はショッピングも好きなのですが……青柳君はそれでよろしいのでしょうか……？　男の子はあまりショッピングには興味がないかと……」

あぁ、なるほど。

彼女は俺の心配をしてくれているのか。

確かにショッピングに長時間割《さ》くことはほとんどない。

必要なものは予《あらかじ》めピックアップしておくし、無駄遣いはなるべくしないようにしているからだ。

だけど、シャーロットさんとならどこに行っても楽しい。

楽しんでくれている彼女の笑顔さえ見られれば、どこだろうとかまわないのだ。

「うん、俺は大丈夫だよ」

「そう、ですか……。もしかして私がこんな薄着で来てしまったから、暖かい室内をご提案してくださったのでしょうか……？」

相変わらず鋭い子だ。

確かに俺は彼女の服装を見て、室内へと切り替えた。

だけど、室内だって遊べる場所は多くある。

そしてゲームセンターやボウリング場などの遊べる場所の中から、ショッピングデートを選んだのだ。

俺が勝手にショッピングに決めたのだから、彼女が心配することなんて何もない。

それなのに俺のことを心配してくれるなんて、相変わらずシャーロットさんは優しすぎる。

「気にしなくていいよ、俺がシャーロットさんと行きたくて選んだんだから。それよりも、シャーロットさんは本当に大丈夫？　別のところに行きたかったら遠慮《えんりょ》なく言っていいよ」

「いえ、私は青柳君とならどこでも嬉しいので……。…………それにこれは、青柳君が好む服装を知るチャンスですからね……」

どうしよう、とても嬉しいことを言われてしまった。

後半は声が小さすぎて聞き取れなかったが、俺とならどこでもいいなんて嬉しすぎる。

男に気を持たせようとする女の子がよく使いそうな言葉ではあるけど、シャーロットさんはそんなことをする子ではない。

だから、本音だと思っていいだろう。

何より、今日はデートなのだし。

「それじゃあ行こうか」

「はい……！」

俺が電子カードにお金をチャージした後シャーロットさんに声を掛けると、嬉しそうに切符を買ったシャーロットさんが素敵な笑みを浮かべて頷《うなず》いてくれた。

彼女も電子カードにすればいいのにとは思うのだが、日本で切符を買うということ自体が楽しいのかもしれない。

無粋《ぶすい》なことを言うのは、やめておいたほうがよさそうだ。

嬉しそうな笑みを浮かべるシャーロットさんを横目に、俺は改札口をくぐるのだった。

◆

二人きりのデート——最初は、絶対に邪魔が入ると思っていた。

遠くに行けば問題ないと言ってはいるが、正直心の中では、《どれだけ遠くに行ったとしても、知り合いと鉢合《はちあ》わせしてしまうのではないだろうか？》と心配をしていたのだ。

しかし、いったいどういうことなのか——ここまでは、驚くほどに順調だった。

今俺たちは倉敷にある有名なショッピングモールに来ているのだが、その中にあったペットショップに立ち寄っている。

どうしてペットショップにいるかについては、ペットショップの前を通った際にシャーロットさんの視線がこのお店に釘付けになってしまったからだ。

理由はシンプル。

とてもかわいい仔猫がこちらを見つめながら鳴いていたのだ。

俺はチラッと右手側を見る。

するとそこには——

「にゃんにゃん♪」

——人間なのに猫語を話す、尊《とうと》い存在がいた。

当然その尊い存在とはシャーロットさんのことなのだが、彼女は手まで猫の物真似《ものまね》をするように丸めて仔猫に話し掛けている。

猫もにゃーにゃー言って返事をしているのだけど、絶対会話は嚙《か》み合っていないだろう。

後、自分がしているわけでもないのにめちゃくちゃ恥ずかしい。

幸いシャーロットさんは小さい声で鳴いているため周りの人には気付かれていないのだが、なんだか彼女を見ていると異常な恥ずかしさに襲われるのだ。

だけど、猫になりきるシャーロットさんがかわいすぎて、目を離すことができない。

なんだ、このジレンマは……。

俺はどうしたらいいんだ……。

――ふと思ったのは、《前にエマちゃんが着けていた猫耳をシャーロットさんに着けてみたら、更にかわいいんじゃないだろうか？》ということなんだが――俺は、いつからそんな変態になったんだ……。

猫耳に萌《も》えるような人間ではなかったはずなのに、今のシャーロットさんを見ているとどうしても猫耳シャーロットさんを見てみたくなる。

どうやら彼女には、人の性癖《せいへき》を変えてしまうほどの魅力があるようだ。

「あの、青柳君……そんなに見つめられると恥ずかしいです……」

「あっ、ごめん……」

さすがに見つめすぎていたようで、俺に見られていることに気が付いたシャーロットさんが頬《ほお》を赤く染めて抗議してきた。

ただ……恥ずかしいのはわかるけれど、照れ隠しに俺の腕へと顔を隠しながら上目遣いにこっちを見るのはやめてほしい。

もう本当に、頭が沸騰《ふっとう》しそうでやばかった。

「この猫ちゃん、お家で飼いたいです……」

ガラス越しでもシャーロットさんの気を引こうと一生懸命ガラスにタッチしている仔猫を見て、蕩《とろ》けたような表情でシャーロットさんは呟《つぶや》いた。

よほどこの仔猫がお気に召したらしい。

確かに手入れがされた綺麗《きれい》な白い毛に、クリクリとした瞳や小さな鼻。

それに猫にしては珍しい垂れた耳がとてもかわいいと思う。

そして、人懐っこい様子を見るに、絶対にすり寄ってくるタイプの猫だろう。

だから、シャーロットさんが欲しがるのも当然だ。

この仔猫の種類はスコティッシュフォールド。

耳が垂れているスコティッシュフォールドは二～三割らしいから、この仔猫は少しレアなのかもしれない。

何より人懐っこくて頭のいい猫だ。

昨年は人気ナンバーワンの猫に選ばれていたみたいだし、飼うには適した子だと思う。

気になるのは値段だが――十五万……。

うん、見なかったことにしよう。

「うちのマンションは確か、ペットを飼えなかったと思うよ」

「そうですよね……。それに飼えたとしても、お昼時などは面倒を見てあげられる人がいませんので、猫ちゃんに寂しい思いをさせることになっちゃいます。ですから、将来飼えたらいいなぁっと……」

チラッと俺の顔を見上げながら、そんなことを言ってくるシャーロットさん。

これは、そういう意味でとっていいのだろうか？

《将来猫を飼いたいです》と俺におねだりしてきていると――。

そんな彼女を横目に、俺は大人になったら猫を飼えるくらいの稼《かせ》ぎは得られるように頑張ろう、と心密《こころひそ》かに誓うのだった。

それからは、シャーロットさんは名残惜《なごりお》しそうにしながらもペットショップを離れた。

彼女曰《いわ》く、イギリスではペットショップに犬や猫はいないらしい。

基本的には、ペットを飼いたかったらブリーダーから買うか、保護動物を譲《ゆず》ってもらうようだ。

だから、ショーケースに入っている仔猫たちを見た彼女は可哀想《かわいそう》だと思ったらしいけど、イギリスではこんなふうに触れ合うことはできないから、楽しかったらしい。

「――このアクセサリー、とてもかわいいですね」

ショッピングモール内を歩いていて見つけた小店で、ピンク色のハート形アクセサリーを手に取ったシャーロットさんは、笑顔で俺に見せてきた。

確かに女の子が喜びそうなかわいいデザインだ。

物もしっかりとしているようだが――まぁ、そこそこ値段はするよな……。

チラッと値札を見ると、五千円と書いてあったので思わず苦笑いをしてしまった。

買える値段ではあるが、出費が痛くないと言えば嘘になる額だ。

こういうのは学生が気軽に買えるくらいの値段にしてもらいたいものだが、製作費などがかかって難しいのかもしれない。

「あ、あの、別に青柳君に買って頂きたいと言ったわけではないので……」

「うん、わかってるよ。まぁ、ここでさっと買ってあげられたら格好がついたんだろうけど、ちょっとこの値段は厳しいかな」

俺の表情を見て焦りながら訂正《ていせい》をしてきたシャーロットさんに、俺は冗談めかしながら笑顔で返した。

彼女が自分から買ってくれとおねだりするような子じゃないことはわかっている。

むしろ、ほしくても我慢するタイプだろう。

表情に出した俺もよくないが、あまり気にされても困る。

――だけど、折角《せっかく》のデートだ。

何か彼女にプレゼントしてあげたいよな……。

少し格好を付けたかった俺は、手ごろでデザインもいいアクセサリーがないか探してみる。

すると、一つ——いや、正確には二つだが、あるアクセサリーに目が引き寄せられた。

そこには、一つのチェーンに銀と金の小さな二つのリングが繋《つな》がれているアクセサリーがあった。

これは所謂《いわゆる》——。

「あっ、ペアリング……」

そう、ペアリングだ。

俺の視線を追ったシャーロットさんが、俺の思い浮かべている言葉を呟いていた。

値段は先程のハート型アクセサリーと同じ五千円。

しかしこれはペアリングなため、実質一つ二千五百円だ。

それなのに見た目のデザインは、先程のハート型アクセサリーに勝るとも劣らない。

何より、ペアリングというのが凄《すご》くいいと思った。

小さな紙でできた板には、《好きな人と分けあえば、このリングが二人の仲を永遠に繋ぐ》という ありきたりな謳《うた》い文句が書かれているが、シャーロットさんとお揃いのものを付けられたら凄く嬉しい。

付き合ってるという確信がないから一緒に付けようなんて言えないが、もし付き合うことができたらこれを彼女と一緒に付けたいところだ。

うかな？
……後で、トイレにでも行くと言って、シャーロットさんに見つからないように買っておこうかな？

――と、そんなことを考えていると、シャーロットさんがペアリングに手を伸ばしてしまった。

そして恥ずかしそうに俺の腕へと顔を埋めながら、上目遣いに俺の顔を見つめてくる。

「えっと……？」

「あ、あの……もし、私がこれを買いましたら……青柳君に、片方を付けて頂くことは可能でしょうか……？」

困惑していると、シャーロットさんのほうから俺が思い浮かべていた言葉を言ってきた。

もうこれは、やっぱり俺たちは付き合っているということでいいんじゃないだろうか……？

「…………ごめん、嫌かな」

「えっ……？」

彼女の申し出を断ると、絶望に染まった表情をシャーロットさんは浮かべてしまう。

まるで力が抜けたかのように俺から手を放し――そのましゃがみそうになったところを俺は受け止めた。

「ごめん、言い方が悪かった。あのさ、これ――俺が買うから、片方をシャーロットさんにプレゼントさせてもらえないかな？」

「えっ、それって……」

「折角の二人だけの初デートだから、俺からプレゼントしたい。もらってくれる？」

「…………」

シャーロットさんは何を言われたのか理解できなかったのか、パチパチと何度もまばたきをして俺の顔を見つめてきた。

そして言葉を理解し始めると、元から赤かった頰《ほお》が更に赤くなっていき、目には涙が溜まり始める。

そのまま彼女は手の平を重ねるようにして口元を隠し、とても嬉しそうに――。

「はい、喜んで……！」

と、返事をしてくれるのだった。

◆

「――えへへ……」

アクセサリーショップで買ったペアリングを渡してから、シャーロットさんはずっと嬉しそうに笑っていた。

ニコニコの笑顔で、胸へとかけている銀のリングを弄《いじ》っている。

締まりのない緩《ゆる》んだ表情がかわいくて仕方がない。

お店を見て回るよりも、ずっと彼女の顔を見ていたいくらいだ。

……まぁシャーロットさんが俺の腕に顔を埋めるのを忘れているため、周りの人たちがめちゃくちゃこちらを見ているのだけど……。

その人たちは、シャーロットさんを見てデレッとだらしない表情を浮かべた後、隣にいる俺の顔をまるで親の仇《かたき》かのように見てきている。

何も悪いことなんてしていないのに、どうしてこんな目で見られないといけないんだ。

あれか？

かわいすぎる美少女に抱き着かれていることが既に罪なのか？

「青柳君、ありがとうございました……。私、今とても幸せです……」

嫉妬《しっと》全開の視線に困っていると、頬を赤く染めたシャーロットさんが上目遣いでお礼を言ってきた。

彼女はまるで、熱があるかのようにトロンッとした瞳で俺を見つめている。

……うん、罪かもしれないな。

こんなにもかわいい子に抱き着かれていたら、そりゃあ周りから恨まれても仕方がない。

「喜んでもらえてよかったよ」

「はい、本当に嬉しいです……」

コツンッと頭を俺の肩にのせながら、熱がこもった息を吐くシャーロットさん。

喜んでくれているのは凄く嬉しいのだが、今こんな様子を見せられると困ってしまう。

周りの嫉妬の視線が強まるのもそうだが——まぁ、うん……男には色々とあるんだよ……。

よく考えたら、シャーロットさんの胸だって俺の腕に当たっているわけだしな……。

「どうかなさいましたか……？」

一人悶々《もんもん》としていると、シャーロットさんが心配をするように顔を覗《のぞ》き込んできた。

見惚《みと》れてしまうようなかわいい顔が目の前にきてしまい、俺は思わずゴクリと唾を飲む。

心配してくれている彼女には悪いが、もう本当に色々と限界だ。

「……………喉《のど》、渇《かわ》いたから……ちょっと、カフェ行こ」

緊張によってカラカラになってしまった喉から、俺はなんとか声を絞《しぼ》り出した。

ちょっと頭を冷やさないとまずそうだ。

「そうですね、なんだか今日は暑いですし……」

シャーロットさんも同意してくれたのだけど、秋に薄着でいて暑いというのはよっぽどだろう。

デパート内だから暖房は効いているはずだが、それでも暖かいとは言えないような温度のはずだ。

しかし、正直言うと俺も体が火照《ほて》っていて暑い。

もしかしたら、暖房の調整が少し狂ってるのかもしれないな……。

「「「「――暑いのはお前らのせいだよ……！」」」」

移動する最中、なんだか周りのざわつきが強まった気がするが、気にしたところでどうしようもないため、俺は聞こえないふりをして通り過ぎるのだった。

――今や日本全国にチェーン店があるアメリカ生まれのカフェに来た俺たちは、メニューを見ながら何を頼もうか考えていた。

有名なお店だというのに俺たち二人は来たことがなく、正直どれがいいのかもわからない始末。

シャーロットさんは日本に来てそれほど日が経っていないのが理由だが、イギリスにいた頃も行ったことがないらしい。

向こうにいた時も、エマちゃんの面倒を見ることで忙しかったようだ。

「シャーロットさん、どれにするか決まった？」

「えっと……色々と目移りしてしまいまして……まだ……」

「そっか。焦らずゆっくり選んだらいいよ。幸い後ろにお客さんはいないからね」

前に彰《あきら》からこのカフェは凄く混むんだと聞いたのだが、運がよかったようで後ろにお客さんは一人もいない。

もし後ろを待たせているようであればあまり悠長《ゆうちょう》に選ぶことはできないけど、これならゆっくり選んでも誰にも迷惑を掛けることはない。

店員さんもシャーロットさんに見惚れているようだし、何も問題はないだろう。

寧《むし》ろ店員さんからすると、彼女がゆっくりと考えてくれたほうがいいはずだ。

かわいい子は目の保養になるというやつだろう。

……ただ、俺の顔を見る時は目に殺意を宿すのをやめてくれないかな？

店員がしていい表情じゃないだろ、それは……。

「――決めました……！　このホワイトチョコレートにします……！」

どうやら、俺が目で店員さんとやりとりをしている間に、シャーロットさんの頼むものが決まったようだ。

意外にも普通なものを選ん――ではないな。

名前が普通なだけで、めちゃくちゃ甘そうな飲みものだ。

ホワイトチョコレートを溶かしたような液体の上に、ホイップクリームとチップ上のホワイトチョコレートがのっている。

ホットだし、想像するだけで口元に甘さが広がりそうだ。

やっぱり、シャーロットさんもこういう甘い系が好きなんだろう。

普段だと大人びた雰囲気《ふんいき》を纏《まと》っているから、ちょっと意外な気もする。

でも、仲良くなるに連れて見えてきたシャーロットさんの本性は結構子供っぽいため、お似合いのような気もした。

要は、彼女ならなんでもいいってことだ。

俺はなんとなく抹茶《まっちゃ》ミルクにしてみた。

正直ブレンドのコーヒーとも迷ったが、久しぶりに抹茶ミルクが飲みたくなったのでそれにしてみたのだ。

結構抹茶系は好きで、たまに飲みたくなることがあるんだよな。

――注文した飲みものを受けとった俺たちは、窓際の席へと向かう。

あまり歩き回るとシャーロットさんに負担をかけてしまうだろうから、このまま少し休憩《きゅうけい》していけばいい。

正直、ここ数日自分が自分ではないような感覚に襲われていたので、彼女と一緒にいるとまるで蘇《よみがえ》ったかのような気分だ。

◆

カフェで休憩した俺たちは、またブラブラとデパートの中を歩き回った。

するとと、広場では数組によるライブイベントが行われていたので、俺とシャーロットさんは観に行ったのだが――少しだけ、問題が起きた。

ライブをしている中でも一段と歌が上手《じょうず》な女の子がいて、俺は思わず聞き惚れていたのだけど、そうしているとシャーロットさんが《むぅ……》と拗《す》ねたような声を出して、抱き締める俺の腕を更にギュッと自分の胸へと引き寄せてきたのだ。

おかげで俺はそこからライブに集中できなくなり、彼女のことが頭から離れなくなった。

そしてシャーロットさんはプクーッと頬《ほお》を膨《ふく》らませたまま、今も俺の肩に自分の頭をのせている。

なんだかこの子、いつの間にか拗ねると甘えてくるようになっていた。

エマちゃんがかなりの甘えん坊だから、姉であるシャーロットさんが甘えん坊でも不思議ではないのだけど……。

どうしよう、シャーロットさんがエマちゃんみたいに凄《すご》い甘えん坊になったら……いや、うん。

普通にありだよな？

だって想像しただけで凄くかわいいと思うし。

むしろ甘やかしたい。

そんなことを考えながら歩いていると、何かに気が付いたようにシャーロットさんが顔をあげた。

「青柳君、折角《せっかく》ですからお洋服を見ていってもよろしいですか？」

シャーロットさんは恥ずかしそうな上目遣いでそう尋ねてきた。

折角だからというか、元々そのつもりで来ていたのだが、別のものに寄り道をしすぎていたからな。

俺は照れくさくなりながら頷《うなず》くと、シャーロットさんの行きたいお店へと足を運ぶ。

後は、彼女が選んできたものを観賞しながら褒《ほ》めてあげればいい。

そう思っていたのだが――相手はシャーロットさんだ。

そんな甘い考えが許される相手ではなかった。

「青柳君はどういうお洋服がお好きですか？」

店内に入ってすぐに切り出された言葉。

いきなり話を振られたものだから俺は言い淀《よど》んでしまう。

どんな服が好きかなんて聞かれてもよくわからない。

女の子の私服なんて、一人しか見てきていないのだ。

最近はシャーロットさんやエマちゃんのも見てはいるが、それだって服の極《ごく》一部だ。

あまり女の子の服を知らないのに、何が好きかって聞かれてもわかるはずがない。

「えっと、その人に似合う服が好きかな」

答えが見えない俺は、便利な逃げ言葉を使う。

ほんとこういう抽象的な言葉は便利だよな。

しかし──。

「でしたら、私には何が似合うと思いますか？」

これで逃げられたと思ったら、逃がさないとでも言うかのようにシャーロットさんが逃げ道を塞《ふさ》いできた。

むしろ自分で首を絞《し》めた感すらあるぞ、これは。

「えっと……」

正直わからないから店員さんでも呼んで一任したいところではあるが、わざわざ俺に聞いてくれているのだからそんな真似《まね》はしたくない。

だから、シャーロットさんに何が似合うか真剣に考えてみる。

「そ、そんなに見つめられると恥ずかしいです……」

見つめていると、シャーロットさんが顔を赤く染めてモジモジと照れ始めてしまった。

それでも俺が視線を外さないでいると、視線から逃げるように俺の腕へと自分の顔を押し付ける。

なんだろう、このかわいい生きものは。

よほど見つめられるのが恥ずかしいようだ。

だけど、見ないことには何が似合うかなんてわからない。

……まぁ、見てもわからないのだが。

「とりあえず、色々と着て見せてくれないかな？」

想像するよりも実際に見てよかったものを選んだほうがいい。

そう思って提案したのだが――なぜか、シャーロットさんは顔を真っ赤にしながらコクコクと頷くのだった。

「――ど、どうでしょうか……？」

あれから自分で選んだ服を着たシャーロットさんは、更衣室のカーテンを開けて恥ずかしそうに聞いてきた。

彼女が今着ているのは、パープルのシャツブラウスに、ブルーのスカートだ。

シャツブラウスのボタンを上三つ開け着崩している。

そうすると、下に着ている白のシャツが見えた。

当然見せる用ではあるが、彼女にしては少し冒険しているように見える。

だけど、普通によく似合っていてかわいい。

「うん、似合ってると思うよ」

「そうですか……では、次ですね」

似合ってると言ったにもかかわらず、なぜかシャーロットさんは一旦服を着替え直して別の服を探しに行った。

基本更衣室は占領できないため一セットずつしか試着はできないのだが、わざわざ替えに行くということは本人は納得いかなかったのだろうか？

最初更衣室に入る時はモジモジとして恥ずかしそうだったのに、随分《ずいぶん》と乗り気になったものだ。

「——これはどうですか？」

そう言いながら更衣室から出てきたシャーロットさんは、ホワイトのシャツブラウスの上にブルーのスタジャンを羽織《はお》っており、下はブルーのワイドパンツを穿《は》くというファッションだった。

どうやら今度はボーイッシュに寄せてきたらしい。

どういう心変わりか知らないが、色々と挑戦しているようだ。

……俺、実はボーイッシュって結構好きなんだよな。

特に彼女みたいな清楚《せいそ》な子がボーイッシュの恰好《かっこう》をしていると、ギャップからか凄くドキドキする。

「うん、それもとても似合うよ」

「むぅ……では、次ですね」

おかしい。

褒めているはずなのに、なぜか不満そうな表情をされてしまった。

若干《じゃっかん》頬を膨らませながら次の服を探しに行ったシャーロットさんを見つめながら、彼女の真意がわからない俺は首を傾《かし》げる。

少しして、シャーロットさんは新たな服を持って更衣室へと入っていく。

その際に一瞬めちゃくちゃ変わった服が見えたような気がしたが、シャーロットさんのことだからきっと見間違いだろう。

だがしかし――次に出てきたのは、ゴスロリ服に身を包むシャーロットさんだった。

白と黒を基調とするメイド服にも見えるような服。

全身ヒラヒラが付いていて、誰がどう見てもゴスロリ服だ。

それになぜか、シャーロットさんはご丁寧《ていねい》にヘアゴムを使って髪型をツインテールにしている。

なぜゴスロリ服をチョイスしたんだ……？

彼女の服装を見た俺は、そんな疑問を抱かずにいられない。

――でも、凄く似合ってることが怖い。

見た目は大人っぽいのに、元々外国人だからかゴスロリ服が凄く似合う。

いや、うん……いくらなんでも、かわいすぎるだろ……。

「これ、かわいいですか……？」

「あっ、えっと……うん、とてもかわいいよ」

あまりにも動揺《どうよう》した俺の脳は上手《うま》く機能しなくなったようで、シャーロットさんの質問に率《そっ》直《ちょく》な感想を述べてしまった。

今まで恥ずかしくてかわいいという言葉は使わなかったのだが、不意にされた彼女の質問につられて言ってしまったのだ。

「やりました、かわいいって言ってもらえました……！　絶対にこれならいけると思ったのです……！」

俺がかわいいと言ったのがよほど嬉しかったのか、満面の笑みを浮かべてシャーロットさんが喜ぶ。

どうやら彼女が意地になっていたのは、俺がかわいいと言わなかったからみたいだ。

無邪気にはしゃぐ姿はとてもかわいい。

服装のせいもあってか、子供がはしゃいでいるようにしか見えなかった。

「ではこれを購入で――」

「ちょっと待った！」

なんの疑いもなしにゴスロリ服を買おうとするシャーロットさんを、我に返った俺は慌てて止める。

するとシャーロットさんは、《何か問題でも？》と聞きたげな表情で俺の顔を見上げてくるのだが、どう考えても問題がありすぎだ。

似合ってるのは似合っている。

だけどこんな服を着て歩かれたら、良くも悪くも注目の的《まと》だ。

むしろ注目をされたくないシャーロットさんにとっては悪い意味しかない。

それなのにどうしてゴスロリ服を買おうとするんだ。

いくら文化の違いがあるとはいえ、そんな判断ミスをするとは思えないんだが……。

「本当にそれを買うつもりなの？」

「だって青柳君、この服しかかわいいって言ってくれなかったんですもん……」

俺が《正気か？》という意味を込めて聞くと、シャーロットさんは頬《ほお》を膨《ふく》らませて拗《す》ねてしまった。

他の服でかわいいと言わなかったことを根に持っているようだ。

「ご、ごめん。それは恥ずかしくて言えなかったっていうか……」

「つまり、この服はその恥ずかしさを超えてでもかわいいと言えるくらい、かわいかったということですね？」

それは曲解にもほどがある。

俺の思考が鈍ったのは別の理由だ。

「シャーロットさんならどの服を着てもかわいいから、とにかくこれはやめようよ。ね？」

彼女が拗ねてしまっているので、俺は優しく諭《さと》すように言った。

相手は優しくて物分かりのいいシャーロットさんだ。

それだけで、素直に聞いて納得をしてくれた。

――いや、まぁ、正確には渋々といった感じだったが、一応考えを改めてくれてよかったと思う。

結局話し合った結果、シャーロットさんは二番目に着たボーイッシュに寄せた服を買った。

持ってない系統だったのと、こっちのほうが俺の反応がよかったからだそうだ。

そして俺たちは何事もなくアパレルショップを出たのだが――俺は、少しだけ彼女について思い直していた。

本当に仲良くなればなるほど彼女の知らない一面を見ている気がする。

一つわかったのは、彼女は大人っぽく装《よそお》っているだけで実は子供っぽくて甘えん坊だということ。

大人っぽくしているのは幼いエマちゃんの面倒を見ているからかもしれない。

どちらも凄《すご》く魅力的だし、初めて会った時は大人っぽいシャーロットさんのことを理想の人だと思った。

でも今は――素の、子供っぽくて甘えん坊な彼女のほうが好きだ。

だから俺はこう思った。

俺の前でだけは、彼女が遠慮《えんりょ》なく甘えてくれるようにしたい――と。

◆

――いよいよ、この幸せな時間も終わりが近付いてきた。

空はすっかりと暗くなっており、今は家を目指して電車に乗っている。

シャーロットさんは満足してくれているのか、ギュッと俺の腕を抱きしめており、自分の頭を俺の肩にのっけてきている。

見た感じ、凄く幸せそうだ。

電車に乗ってからは会話がないが、何も話していなくても凄く幸せだと俺は思った。

《好きな人とは一緒にいるだけで幸せ》

そんな言葉をたまに聞くが、確かに好きな人となら一緒にいるだけで幸せだ。

ずっとこんな時間が続いてほしいと思う。

だけど――いつまでも、こうしてはいられない。

家に帰ってしまえば今日のデートは終わりなのだ。

そしたらまた俺は、あの問題と向き合わないといけない。

「──着いてしまいましたね……」

電車が駅に着くと、残念そうに──そして、寂しそうにシャーロットさんが俺の顔を見上げてくる。

心なしか、抱き着かれている腕にギュッと力が込められた気がした。

「そうだね……」

「…………」

「どうしたの？」

シャーロットさんが潤んだ瞳で見つめてきたので、俺は尋ねてみる。

すると、更にギュッと腕に力を込められた。

「その……もしよろしければ、まだお時間を頂けませんか……？　今日はお部屋に行かせて頂きたいです……」

「あっ……うん、いいよ」

彼女のお願いに、俺は笑顔で頷《うなず》いた。

まだこの幸せな時間を終わらせたくない。

そういう思いもあった。

それから俺たちは俺の部屋へと移動する。

シャーロットさんは俺の部屋に入ってくると、真っ赤に染まった顔で俺の手を握ってきた。

「シャーロットさん……？」

この光景は、エマちゃんのお父さん役になった時を思い出す。

あの時も彼女は、こんなふうに俺の手を握ってきた。

「大切な話をさせてください……。私は、青柳君に謝らなければなりません……」

「謝る？　いったい何を……？」

「私、臆病で……青柳君なら理解してくださると、予防線を張ってしまったんです……」

シャーロットさんは泣きそうな表情でそう打ち明けてくる。

予防線——その言葉を聞いて、俺にはピンとくるものがあった。

だけど、今はシャーロットさんの言葉に耳を傾ける。

「エマのお父さんになって頂きたい、というのも嘘ではございません……。でも、私が本当になって頂きたかったのは——私の、彼氏《こいびと》なんです……！」

俺は思わず息を呑《の》む。

そうかもしれないと思いながらも、確信をすることはできなかった。

だけど今、俺は彼女の言葉で確信できたのだ。

「青柳君のことが大好きで……でも、断られるのが怖くて……そんな予防線を張ってしまいました……」

「シャーロットさん……」

「青柳君……お願いがあります……。私を、彼女にしてください……」

そう言って彼女は、ギュッと手に力を込めてきた。

まさか、シャーロットさんからこうして告白されるなんて思いもしなかった。

「俺も――」

彼女にすぐ返事をしようとした俺だが、ふと嫌な記憶が蘇《よみがえ》る。

親に捨てられ、孤児として育ち。

周りから馬鹿にされ、見下され、蔑《さげす》まれた日々。

やっとのこと手にしたものは、裏切りで全てを失い。

そして今の俺は、鎖で繋《つな》がれている。

そんな俺に、彼女のことを幸せにできるはずがなかった。

シャーロットさんたちと幸せな日々を過ごしていたせいで、いつの間にか自分の現実から目を背けていたんだろう。

俺なんか、彼女たちと関わったら駄目だったんだ。

「ごめんね、俺は付き合えない」

だから俺は、彼女を突き放した。

今ならまだやり直せる。

そう思っていたから。

だけど――。

「それは、青柳君の本心ですか……？」

シャーロットさんの性格を考えると、一度振れば落ち込んで退くものだと思っていた。

それなのに彼女はなぜか、とても強い眼差《まなざ》しで俺の目を見つめている。

「シャーロットさん……？」

「今日一日、ずっと私は青柳君が私をどう思っているのか、というのを見ていました。それで思ったんです。あなたは、私と同じ想いを抱いてくださっているのではないかと」

どうやら今日のデートはただのデートじゃなく、気持ちを確かめる意味もあったようだ。

いったい誰がこんなことを吹き込んだのだろう？

美優《みゆ》先生、か……？

「俺は君のことをそこまで好きじゃ――いや、ううん。気持ちの問題じゃないんだ。俺は、君を不幸にしてしまう。幸せには、できないんだよ」

初めは好きじゃないと嘘を吐こうとした俺だが、嘘でもその言葉を言うことはできず、正直に話した。

するとシャーロットさんは優しい笑顔で見つめてくる。

「幸せとはいったい誰が決めるのでしょうか？」

「えっ……？」

「神様ですか？　親ですか？　周りにいる方々ですか？　いいえ、違います。幸せは、自分で決めるものです。そして私は、青柳君と一緒にいられることが、一番の幸せですよ」

まるで聖女様かと思うほどに、優しくて温かい笑顔。

彼女はソッと俺の頬《ほお》に触れ、ゆっくりと撫《な》でてきた。

「青柳君はとても優しいです。誰かのためなら、自分を犠牲《ぎせい》にされるほどに。ですが、あなたが傷つくことで幸せになる人間がいる反面、不幸になる人間がいることも理解してください。あなたを慕《した》っている私や周りの方は、あなたが傷つくと悲しいです。もっと自分のことも大切にして、時には周りに助けを求めてください。あなたが私を不幸にすると言うのなら、二人で一緒に考えませんか？　お互いが、ちゃんと幸せになれる方法を」

シャーロットさんはそう言うと、俺の頭を自分の胸に当てるようにして、ギュッと抱きしめてきた。

伝わってくる温もりに思わず胸と目頭が熱くなる。

「今まで私は何度もあなたに助けられました。ですから、今度は私にあなたを助けさせてください。悩みがあるなら相談してください。私は、あなたの力になりたいです」

耳から入ってくる優しい声は、不思議と俺の胸の中にあったしこりをほぐしてくれた。

しかし、まだ俺の中では引っ掛かりがある。

「シャーロットさんは俺が悩んでるから……彼女になって支えようとしてくれてるの……？」

「いいえ、違います。青柳君のことが大好きだから、お付き合いをしたいのです。そして、大好きな御方だからこそ、助けになって支えたいのですよ」

顔をあげて彼女の目を見ると、その瞳にはとても強い意志が宿っているようだった。

俺に同情しているわけではない。

ちゃんとした意思があって、交際を申し込んできているのがわかった。

「本当にいいの……？　俺、まだ君に隠していること沢山《たくさん》あるよ……？」

「それならば、また気持ちができた時に教えてください。私は、青柳君が話してくださるまで秘密に関しては待ちますよ」

「俺と付き合った場合、多分凄《すご》く厄介《やっかい》なことに巻き込まれることになるよ……？」

「大丈夫です、二人で協力して乗り越えましょう。私は青柳君となら、どんな困難でも乗り越えられる自信があります。それに、私たちの周りには素敵で頼りになられる方々がいらっしゃいます。皆さんにも協力して頂ければ、乗り越えられないものなんてありませんよ」

知らない間に、随分《ずいぶん》と強い子になっている。

いや、元々強い子だったのか。

ここまで言ってくれているのに、男の俺が覚悟を決めないのは駄目だよな……。

「わかった……それじゃあ、一緒に困難を乗り越えてくれるかな？」

俺は彼女から体を離し、右手を差し出した。

すると、彼女は満面の笑みで俺の右手を取ってくれる。


「はい、喜んで」


こうしてシャーロットさんと付き合うことになった俺は、親に捨てられた後のことを話すことにした。

昔を思い出しながら、ゆっくりと自分の過去をシャーロットさんに伝える。

「俺がお世話になっていた施設は、子供が十人にも満たない小さなところだった。他の子供は俺よりも結構歳《とし》が離れていて……だから小学校に通うようになってからは、学校で同じ施設の子がいなくていじめを受けていたんだ」

「いじめ……。明人《あきひと》君が……？」

まるで信じられない、といった感じでシャーロットさんが見つめてくる。

当時は今と大分違ったから想像しづらいのだろう。

「親がいないってだけでいじめの対象になるんだよ。子供って無邪気な分残酷《ざんこく》なところがあっ

て、善悪の見境がついてないんだ」

今だからこそこんなふうに落ち着いて話せているが、当時は凄く辛《つら》かった。

孤児になったのは俺のせいじゃないのに、どうして俺がここまで酷《ひど》い仕打ちを受けないといけないのか。

そんなことを考えてよく公園で泣いていたものだ。

——その頃だ、あの人に出会ったのは。

「明人君はいったいどうなさったのですか……?」

「そうだね……その頃に、公園である人と出会ったんだ。その人は泣いてる俺に声を掛けてくれて、とても優しくしてくれた」

俺は懐かしむように当時を思い出す。

その人は仕事で日本に来たばかりの外国人のお姉さんだった。

そして、シャーロットさんによく似ていたのだ。

可憐《かれん》さが窺《うかが》える上品な仕草。

長くまっすぐに下ろされた銀色に輝く綺麗《きれい》な髪。

人懐っこさが滲《にじ》み出るかわいらしい笑顔。

スゥッと透き通った聞き心地のいい声。

初めて会った時シャーロットさんのことを俺の理想そのものだと思ったのは、自己紹介をする彼女があのお姉さんに重なったからだ。

当時俺は、自分に優しくしてくれるお姉さんに憧れを抱いていた。

だからシャーロットさんに一目惚《ひとめぼ》れしたんだと思う。

だけど当然、彼女自身の魅力に惹《ひ》かれたというのもある。

今彼女といて幸せだと感じるのは、シャーロットさんがとても素敵な人だからだ。

そこにお姉さんは関係ない。

「その御方に慰めてもらっていたから、明人君は挫折《ざせつ》せずにいられたのでしょうか？」

「うん、違うよ。そのお姉さんが俺に言ったんだ。《いじめられるのだったら、勉強や運動を頑張って一番になろう。そしたら、誰も君をいじめることができなくなる。それどころか、きっと君と仲良くしたがるだろうね》ってね。そしてお姉さんは俺に英語を教えてくれたんだよ。最初は覚えるのに苦労したけど、挨拶《あいさつ》を覚えただけでもクラスメイトはビックリして、俺と仲良くしようとする奴が出てきた。何より、お姉さんが言うように勉強や運動で誰にも負けないように努力したら、気が付けば俺に嫌がらせをしてくる奴は一人もいなくなったんだよ」

俺は懐かしみながら、皆が俺を見返した時のことを話した。

しかし――。

「明人君を慰めていた御方、お姉さんだったんですね……」

俺の言葉を聞いたシャーロットさんは、なぜか複雑そうな笑みを浮かべていた。

反応するところはそこなのだろうか？

もっと気になるところがあると思うけど……。

「いじめられないように頑張り続けたから、明人君は勉強と運動が得意なのですか？」

「ううん、それは少し違うかな」

気を取り直したようにシャーロットさんが聞いてきたため、俺は首を左右に振った。

子供の中では一度築いた地位はなかなか揺らぐことがない。

だから、いじめをされないようになった時点で努力する必要はなくなっていたはずだ。

でも俺には、更に努力をしないといけなくなった理由がある。

「お姉さんは毎日仕事終わりに俺がいる公園に来てくれたんだけど、ある日お別れをしなくちゃいけなくなったんだ」

「お別れ、ですか……？」

「うん。確か出会ってから一年くらい経った頃かな。そのお姉さんは外国人だったんだけど、出張で日本に来ていただけで自分の国に戻らないといけなくなったんだ」

「確かに、そういうこともありますよね……」

「そうだね。その時にお姉さんと約束したんだ、次会う時までには立派な男になるってね」

子供ながらの約束だった。

子供扱いせずに、ちゃんと自分を見てほしいという気持ち。

そんな思いを抱きながら俺は当時お姉さんと約束したのだ。

「素敵なお約束ですね」

シャーロットさんはとても優しげな目をしながら俺の顔を見つめてくる。

赤く染まった顔で上目遣いに見つめられ、少しばかり照れ臭《くさ》くなってしまった。

本当はその時にもう一つ約束したのだけど……それは、言う必要がないだろう。

お姉さんがその約束を果たしに来ることは、なかったんだし。

「まぁ、結局約束は守れなかったけどね」

俺はズキッと痛む心を誤魔化《ごまか》すように、冗談めかしてシャーロットさんに言った。

立派な男になると言っていたのに、今やクラスの嫌われ者だ。

こんなことをお姉さんが知ったら悲しむだろう。

――と、思ったのだが……。

「いいえ、明人君はご立派にお約束を守られたと思いますよ」

俺の言葉は、優しい笑みを浮かべているシャーロットさんによって否定をされた。

「えっ？」

「明人君はとても素敵な御方です。少なくとも、私が今まで出会った御方の中で、一番素敵な御方だと思っております」

シャーロットさんはそれだけ言うと、自分が何を言ったのか気が付いたようにハッとして俯《うつむ》いてしまった。

だけど、寄り添ってる体は俺から離れることはなく、握ってきている手には少しだけ力がこめられる。

少しだけ見える彼女の横顔は真っ赤に染まっているが、きっと俺も似たようなものだろう。

本当に、素敵な彼女だ。

「ごめん、話ずれちゃったね……。えっと……話を戻すけど、正直言うと俺は両親が許せないんだ。捨てられたせいで、俺の人生は滅茶苦茶《めちゃくちゃ》だったからね」

話が逸《そ》れてしまったので、俺は笑いながら軌道修正に入った。

許せないという言葉も、笑顔で言ったことできつい印象はなくなっただろう。

しかし、シャーロットさんは握っている俺の手の上にもう片方の手を添えて、優しい笑みを向けてきた。

「許せないことは誰でもあります。ですが、憎むことはしないでください。憎んでも、明人君が辛いだけですので。もし憎むようなことがあるのであれば、私で忘れてください」

とんでもないことを言ってくるな。

率直《そっちょく》に思ったのはそれだったのだけど、彼女が言いたいこともわかる。

憎しみで生まれた悲劇なんて数多くこの世に存在する。

俺が憎しみで行動をしてしまえば、シャーロットさんたちを不幸にしてしまうので、絶対にやってはいけないことだ。

「シャーロットさんは、家族に戻ったほうがいいと思う……？」

彼女がどう思っているのか。

それを知りたかった俺は、シャーロットさんに尋ねてみた。

するとシャーロットさんは、仕方なさそうな笑みを浮かべて口を開く。

「家族は一緒にいるのが幸せ――それは、世間の考えです。時には、それが当てはまらないこともあるでしょう。ですから私は、明人君が自分で幸せだと思うほうを選んで頂きたいです。私はその考えを尊重します」

どうやら彼女は、俺がどんな答えを出したとしても、俺の味方でいると言ってくれているようだ。

「シャーロットさん……俺は、一緒になりたくないんだ……。だけど……」

俺の考えを尊重してくれると言ったので、俺は思っていることを口走ってしまう。

しかし、その続きの言葉は言っていいのか悩んでしまう。

「だけど、どうされましたか？」

俺が言っていいのか迷っていることについて、当然シャーロットさんも気が付いた。

だから先を促してくれたんだろう。

「俺と兄妹だと知って、東雲さんはとても嬉しそうにしてくれたんだ。その気持ちを裏切りたくない……」

俺を捨てた両親は許せないけど、その時関与していた妹には何も関係ない。

だから期待は裏切りたくなかった。

それに東雲さんはおそらく、過去に俺と似た経験を持っているだろう。

彼女が変に怯《おび》えるのも、目を隠しているのも、自信がないのも、それが原因な気がする。

もしそうなら、俺はあの子を切り捨てられない。

「それで、ずっと悩んでおられたのですね」

「うん……」

「私も、東雲さんはとてもかわいらしくて、放ってはおけません。ですから、明人君の気持ちと彼女の気持ちを尊重して、こんな提案はどうでしょうか――」

◆

翌日の日曜日、俺は一人で東雲家に足を運んでいた。

そして、俺は両親のことが許せないため、家族には戻らないことを伝えたのだ。

東雲さんの両親は凄《すご》く引き留めてきたけど、俺は譲《ゆず》らなかった。

そのせいで結局解放されたのは、夕方頃になってしまったのだけど……。

「――青柳君、本当に行っちゃうの……？」

話を終えて東雲家を出ると、東雲さんが俺の後をついてきていた。

「ごめんね、やっぱり譲れないことなんだ」

「そっか……うぅ……」

なるべく優しい声を意識したけど、東雲さんは目に涙を浮かべ始める。

本当に、俺と家族になることを喜んでくれていたのだろう。

そんな彼女のことを、俺は優しく抱きしめた。

「あ、青柳君……!?」

「家族にならないとはいっても、血は繋《つな》がっているんだ。それに、君には罪が何もない。だから、東雲さんは俺の妹だと思ってるよ」

「あっ……」

「もし何か困ったりしたら、俺に相談してくれたらいいから。東雲さんに酷《ひど》いことをするような奴がいたら、俺が懲《こ》らしめてあげるからね」

これが、シャーロットさんが俺に言ってくれたことだった。

東雲さんには何も罪がなく、俺が嫌っていないのなら、彼女には兄として接してあげたらいいんじゃないかってことを。

もしそれで東雲さんが断るようなら、普通の同級生に戻ろうってわけだ。

しかし、彼女は――。

「えへへ……そっかぁ、お兄ちゃんには変わりないんだね……」

とても嬉しそうに笑みを浮かべてくれた。

どうやら、俺たちの思いはすれ違っていないようだ。

「ねぇ、青柳君……」

「何?」

「お兄ちゃんって呼んでもいい……?」

「それは、まぁ……うん、他の人がいないところならいいんじゃないかな」

先にこちらから妹だと言った手前、断るのはなんだか違う気がし、俺は彼女の好きにさせることにした。

ただし、他の人がいるところだと詮索《せんさく》されて面倒なことになるので、事情を知る俺やシャーロットさん以外の前ではやめてもらいたいのだけど。

「うん、ありがとう……。それじゃあお兄ちゃんは、私のこと華凜《かりん》って呼んでね……」

「わかった、そう呼ぶよ」

妹がそう呼んでほしいなら、断る理由は何もない。

「んっ……じゃあ、今日はもうさようなら……」

明日からまた学校が始まる。

段々と日は暮れ始めているし、そろそろ帰らないといけないだろう。

「そうだね……また明日、華凜」

「うん……また明日、お兄ちゃん」

そうして俺たち兄妹は、お互いが見えなくなるまで手を振って別れるのだった。

あとがき

まず初めに、『お隣遊び』三巻をお手に取って頂き、ありがとうございます。

担当編集者さん、緑川《みどりかわ》先生をはじめとした、書籍化する際に携《たずさ》わって頂いた皆様、今作もご助力頂き本当にありがとうございます。

もはやいつも通りなのですが、今作も担当編集者さんに我儘《わがまま》を言って好き放題やらせて頂きました。

本当に、ありがとうございます。

ここまで自由にさせて頂けるのは、担当編集者さんが寛大なおかげですね……！

おかげさまで、『お隣遊び』にとって一番いい形で物語が進んでいると思います。

（三年間模索し続けて見つけ出した答えなので、やらせて頂けて嬉しいです……！）

やはり人間なので編集者さんごとに考え方が違うのですが、K原さんに担当して頂けてよかったと思っております。

また、いつも素敵なイラストをありがとうございます、緑川先生。

毎回素敵なイラストに対して歓喜し、モチベーションを頂いております。

二巻の時も書きましたが、今の『お隣遊び』の人気があるのはまず間違いなく、緑川先生のおかげです。

エマちゃんの無邪気さや、シャーロットさんの上品なのに色っぽい魅力。

そして、家族のような幸せな三人の雰囲気《ふんいき》を描いて頂けて、嬉しい限りです。

これからもどうか、よろしくお願いします。

さて、そろそろ今作の内容に触れていこうと思います。

今作は、三年前から書きたかったものをいくつか書けました。

……いや、書くのに三年もかかったのか――というのはありますが、きっとWEB時代から読んで頂いている方も、この瞬間を待って頂けていたのではないかと思います。

そう、東雲《しののめ》さんと明人《あきひと》は実は双子の兄妹であり、明人は親に捨てられたことで波乱の人生を歩むようになったのです。

WEBの頃から、『二人はおそらく兄妹だな』という声は頂いていましたが、まさにその通りです。

そして二巻の時、東雲さんが明人のことを『お父さんみたい』と言っていたのは、雰囲気だけでなく見た目のことを言っておりました。

明人は父方似、東雲さんは母方似ですね。

生き別れの兄妹だった二人は、お互いを兄妹だと認め合いましたので、これからどうなるのかを見届けて頂けますと幸いです。

（東雲さんの性格的にどうなるか、目に浮かびますが……笑）

また、一巻、二巻において明人に助けられ、彼に依存をするようになったシャーロットさんが、三巻では逆に明人を助ける側に回りました。

こちらも、ＷＥＢで書き始めた頃からずっと書きたかったものです。

『今まで主人公がヒロインを助けていたのに、主人公が追い込まれた時には逆にヒロインが助ける』という関係が好きなので、それを書きたいと思いながらこの物語は書いていました。

それを書けて嬉しい限りです。

まだまだ明人には問題が残っていますので、これからは二人で協力して乗り越えてもらいたいと思います。

明人が思い浮かべた『鎖で繋がれている』ということに関しても、後々わかっていきます。

親の保護にいなかった彼が今生活をできている、というのが一つのヒントですね。

そしてシャーロットさんの母親に関しても、どうして彼女が日本に来てから娘のことを放っておくようになったのか。

その答えもいずれわかると思います。

今後は、甘々ないちゃいちゃ生活を送りながらその辺に触れていきますので、是非《ぜひ》今後とも『お隣遊び』をよろしくお願いします！

――というか、書きたいので四巻出せますように……！（笑）

それと、他にも今作は体育祭がありましたが、WEBで待ち望んでくださっていた方も多いと思います。

明人の運動神経がいいことがわかった時に、『体育祭が楽しみ！』というお声も頂いていましたので。

個人的には満足して書けたと思います――というか、書いててめちゃくちゃ楽しかったです。

やっぱり、スポーツ物は好きですね。

いずれは、可愛いヒロインといちゃいちゃしながら、本気で部活に臨《のぞ》むスポーツ物も出したい――という、個人の感想でした。（笑）

ではでは、ここまでお読み頂きありがとうございました！

『お隣遊び』はアニメ化目標で頑張っていますので、気に入って頂けましたら、お友達にもおすすめして頂けますと幸いです！

何より、三巻はシリーズ最高と言いますか、今まで書いてきた中で最高なものになったと自負しておりますので、多くの方に読んで頂きたいです！

そのため、布教をして頂けますと幸いです！

それではしつこいですが、最後にもう一度――『お隣遊び』三巻をお手に取って頂き、ありがとうございました！

四巻でもお会いできることを祈っております！

この作品の感想をお寄せください。

あて先　〒101-8050　東京都千代田区一ツ橋2-5-10
集英社　ダッシュエックス文庫編集部　気付
ネコクロ先生　緑川 葉先生

わたしが恋人になれるわけないじゃん、ムリムリ！（※ムリじゃなかった!?）
みかみてれん
イラスト／竹嶋えく

わたしが恋人になれるわけないじゃん、ムリムリ！（※ムリじゃなかった!?）2
みかみてれん
イラスト／竹嶋えく

わたしが恋人になれるわけないじゃん、ムリムリ！（※ムリじゃなかった!?）3
みかみてれん
イラスト／竹嶋えく

わたしが恋人になれるわけないじゃん、ムリムリ！（※ムリじゃなかった!?）4
みかみてれん
イラスト／竹嶋えく

陰キャが高校デビューしたら学校のスーパースターと友達に!?　と思ったら告白されて!?　恋人と親友、２人の関係を賭けて大バトル!!

恋人と親友のどちらがいいか三年間で見極めることにしたわたしと真唯。そんなある日、黒髪美人の紗月さんから告白されて…!?

弟とケンカした紫陽花さんの家出旅にれな子も同行!?　真唯まで参加して賑やかな道中でそれぞれの募った想いがついに花ひらく…。

真唯や紫陽花さんとの距離感に戸惑い、悩むれな子。それでも高校デビューから積み重ねてきた〝今〟を胸に、答えを叩きつける！

ダッシュエックス文庫

【第1回集英社WEB小説大賞・大賞】
『ショップ』スキルさえあれば、ダンジョン化した世界でも楽勝だ
～迫害された少年の最強ざまぁライフ～
十本スイ
イラスト／夜ノみつき

『ショップ』スキルさえあれば、ダンジョン化した世界でも楽勝だ2
～迫害された少年の最強ざまぁライフ～
十本スイ
イラスト／夜ノみつき

『ショップ』スキルさえあれば、ダンジョン化した世界でも楽勝だ3
～迫害された少年の最強ざまぁライフ～
十本スイ
イラスト／夜ノみつき

『ショップ』スキルさえあれば、ダンジョン化した世界でも楽勝だ4
～迫害された少年の最強ざまぁライフ～
十本スイ
イラスト／夜ノみつき

日用品から可愛い使い魔、非現実的なアイテムも『ショップ』スキルがあれば思い通り！最強で自由きままな、冒険が始まる!!

悪逆非道な同級生との因縁に決着をつけ、本格的に金稼ぎ開始！　武器商人となり『ダンジョン化』する混沌とした世界を征く！

ダンジョン化し混沌と極める世界で、今度は袴姿の美女に変身!?　ダンジョン攻略請負人として、依頼をこなして話題になっていく!!

理想のスローライフを目指して無人島の開拓を開始。そこへ異世界から一緒に来た弟を探しているという美少女エルフがやってきて…。

ダッシュエックス文庫

元勇者は静かに暮らしたい
こうじ
イラスト／鍋島テツヒロ

元勇者は静かに暮らしたい２
こうじ
イラスト／鍋島テツヒロ

元勇者は静かに暮らしたい３
こうじ
イラスト／鍋島テツヒロ

元勇者は静かに暮らしたい４
こうじ
イラスト／鍋島テツヒロ

国や仲間から裏切られた勇者は冒険者登録を抹消し、新しい人生を開始！　エルフを拾ったり水神に気に入られたり、充実の生活に!!

村長兼領主として、第二の人生を送る元勇者。訳あり建築士やシスター、錬金術師が仲間に加わり、領内にダンジョンまで出現して…!?

元勇者が治める辺境の村に不幸を呼ぶ少女が補佐官としてやってきた！　非常に優秀だが、関わった人物には必ず不幸が訪れるらしく!?

村長兼領主、今度は仲間と神界へ！　くせ者ぞろいの神との出会いは事件の連続!!　さらに他国の結婚式プロデュースもすることに!?

ダッシュエックス文庫

英雄教室5
新木 伸
イラスト／森沢晴行

英雄教室6
新木 伸
イラスト／森沢晴行

英雄教室7
新木 伸
イラスト／森沢晴行

英雄教室8
新木 伸
イラスト／森沢晴行

超生物・ブレイドは皆の注目の的！ そんな彼の弱点をアーネストは〝魔法〟だと見抜き!? 楽しすぎる学園ファンタジー、第5弾！

クレアが巨大化!? お色気デートで5歳児ブレイド、覚醒!? 勇者流マッサージで悶絶!? 英雄候補生たちの日常は、やっぱり規格外!!

イェシカの過去が明らかになるとき、王都壊滅の危機が訪れる!? 大切な学園の仲間のため、今日も元勇者ブレイドが立ち上がる…！

王都の地下に眠る厄介なモンスターが復活!? 英雄候補生のアーネストたちは、王都防衛隊と共同作戦につき、討伐に向かったが…？

ダッシュエックス文庫

迷子になっていた幼女を助けたら、お隣に住む美少女留学生が家に遊びに来るようになった件について3

ネコクロ

2022年12月28日　第1刷発行
2024年 7 月29日　第3刷発行

★定価はカバーに表示してあります

発行者　瓶子吉久
発行所　株式会社　集英社
〒101−8050　東京都千代田区一ツ橋2−5−10
03(3230)6229(編集)
03(3230)6393(販売／書店専用) 03(3230)6080(読者係)
印刷所　TOPPAN株式会社
編集協力　梶原　亨

ISBN978-4-08-631495-4 C0193